夢一夜

シャーロット・ラム
大沢　晶 訳

ハーレクインSP文庫

DESIRE

by Charlotte Lamb

Published by Harlequin Japan,
a Division of K.K. HarperCollins Japan, 2024

シャーロット・ラム

第 2 次大戦中にロンドンで生まれ、結婚後はイギリス本土から 100 キロ離れたマン島で暮らす。大の子供好きで、5 人の子供を育てた。ジャーナリストである夫の強いすすめによって執筆活動に入った。2000 年秋、ファンに惜しまれつつこの世を去った。ハーレクイン・ロマンスやハーレクイン・イマージュなどで刊行された彼女の作品は 100 冊以上にのぼる。

◆主要登場人物

ナターシャ・ブレア……秘書。
マイク・ポーター……ナターシャの婚約者。
ナイジェル・ヘリス……ナターシャの上司。
リンダ……………ナターシャの姉。
ジャック……………リンダの夫。
ジョー・ファラル……会社社長。
ジェームズ…………ジョーの友人。医師。
ララ・ブレナン………歌手。

1

「少しわがままだよ、君は」冷たく言い放った恋人の顔を、ナターシャは惨めな思いで見つめた。さっきまでぴったりと寄り添っていたマイクは今、体を少しずらして正面からナターシャを見つめている。手を伸ばせば届く距離にいながら、二人の間には越えられない深い溝が広がり始めていた。

大きな青い目を祈るように見上げて、彼女は訴えた。「わがままじゃなく私は事実を言っているだけなの。お母様は私のこと、お気に召さないんだわ」

「人のせいにする気なんだね？　昨夜、母に言われたよ。君に好かれていないらしいってね。軽率にも僕は母をたしなめてしまった。だけど、やっぱり母の方が正しかったんだ。そうだろう？」

ナターシャは力なくかぶりを振った。「お母様と同居してうまくやっていく自信が持てないのよ、どうしても」

「それがわがままだって言ってるんだ！」怒りに紅潮した顔。ゆがんで引きつった口もと。

冷たい茶色の目。ここにいるのはマイクではなく、ナターシャにとって見ず知らずの他人だった。

　知り合って四カ月。気の合う者同士の楽しい友だち付き合いが、デートを重ねるうちにほのかな恋心に変わり、そしてあるとき、二人は熱烈に愛し合っていることに気づいた。

　それからの毎日を、ナターシャはまるで雲の上を歩いているような気持ちで過ごした。「僕もだよ」とマイクは言っていた。これこそ真の愛、永遠の愛だと、二人は確信していた。だからマイクがついに結婚を申し込んだとき、ナターシャはなんのためらいもなく承知した。「母がオーストラリアから帰って来たら、すぐにも日取りを決めようね」

　マイクの腕に優しく抱きかかえられながら、彼女は「ええ」と答えた。ナターシャの人生はばら色に輝いて見えた。

　マイクの母、ポーター夫人はオーストラリアの長男一家のもとで六カ月を過ごし、近々帰国の予定だった。クイーンズランド州のオレンジ栽培農家の娘と結婚した長男のケネスは義父の片腕として農場経営に忙しく、二人の男の子ができた今になっても一度も帰国したことがない。そこで、しびれを切らした夫人は孫の顔を見に自分から出かけて行ったのだという。

　母親を語るマイクの言葉はすべて賛美一色だった。理想的な女性を義理の母に持てる幸せを思うと、ナターシャの夢はさらに大きく膨らんだ。

待ちに待った帰国の知らせを受け、彼女は期待に胸をはずませながらポーター夫人の家に急いだ。そして、小さいながら快適に整えられた居間に通されたときになって初めて、ナターシャは自分の幸福に黒い影が差し始めたことを知った。疑いの余地もない敵意が、彼女を直撃していたのだ。

ポーター夫人は優しい言葉と笑顔を絶やさなかった。だが、それは息子の前でだけ。しかもそのときでさえ、目は氷のように冷たくナターシャを見据えていた。マイクが少しでも席をはずすと、夫人はたちまち優しさの仮面を捨て、ナターシャがこの家にとって歓迎されない存在であることを声と表情ではっきりと表した。

ナターシャをさらに恐怖に突き落としたのは、そんな予想外の母の態度にマイクが全く気づいていないことだった。二人きりになると、彼は待ちかねたように話しかけてきた。

「ね、言ったとおりだろう？　こんな母に育てられたんだから、僕は幸せ者だよ。早くに父に先立たれた母は、幼い僕たち兄弟を女手一つで育てたんだよ。考えられないような苦労の連続だったのに、母はいつもにこにこしていた。だから僕たちは母の苦労も知らず、何一つ不自由のない子ども時代を送ったんだ。大人になって初めて、僕も本当のことを知ったんだが、それも、母が苦労話としてしゃべったからじゃない。何かのはずみできれぎれに母が口にしたことをつなぎ合わせてわかったんだ。僕が驚くと、母は別にたいしたことでもなかったみたいに笑い飛ばすんだよ。こんな女性、百万人に一人さ」

「百万人に一人……」ぎごちなく顔をほころばせながら、ナターシャはおうむ返しに言った。

「君もそう言ってくれると思っていたよ。この世で僕にとっていちばん大切な女性二人だもの。気が合うのは当然だよね」

たまりかねたナターシャは思い切ってたずねた。「私、お母様に気に入っていただけたと思う?」マイクは本当に何も気づかなかったのだろうか。

「もちろんさ。母は君がかわいくってしかたがないんだよ。僕も当然だと思うけどね」マイクは熱烈なキスを浴びせながら言った。彼の胸に抱かれているうちに、ナターシャの不安は薄れていった。疲れる長旅をして帰って来たとたんに、息子の結婚のニュースを知らされれば、母親として驚くのは当然だ。それを敵意だなどと誤解したとは、実に思いやりのない行為だったとナターシャは反省した。

しかし、やはり誤解や錯覚ではなかったということを、ナターシャはこの一カ月近くの間でいやというほど思い知らされた。ポーター夫人は未来の嫁に好意のかけらも持っていないだけではなく、好意を持つまいと決心しているらしかった。それでもナターシャは懸命に努力した。少しでも心を開いてもらえるきっかけになればと思って、花を持って行き、チョコレートを持って行ったりした。でもポーター夫人はチョコレートが嫌いだった。太るからだという。花も嫌い。花粉アレルギーの体質だかららしい。ナターシャは食事の用意を手伝わせてくれとも言った。しかし他人を台所に入れるのは好きではないと夫人は答えた。

結婚式のことについて相談を持ちかけようとするたびに、ポーター夫人はさっさと話題を変えてしまった。話をするうちに、ナターシャは別のことにも気づいた。夫人は長男のケネスの嫁に対しても、決して好感情を持っていなかった。家事の切り回し方、子どもたちの育て方、夫であるケネスへの態度、すべてが気に入らないらしい。つまり夫人は、自分と息子たちの間に割り込んで来る者すべてが許せないのだとナターシャは気づいた。ポーター夫人は所有欲の強い、嫉妬《しっと》深い女性だった。息子たちが独立し、自分の人生を歩もうとすること自体、この母親にとっては我慢できないことなのだ。

その心情はナターシャにもわからないではなかった。自分の幸福をあきらめ、ひたすら息子たちのために生きて来た一人の女性の悲しみは、よく理解できる。しかし、理解は事態解決の役には立たなかった。マイクはすべてが順調にいっていると確信し、結婚後はアパートを引き払って母の家に移り住む計画を着々と進めていた。ナターシャは今日、ついに不安を打ち明け、今後の生活についていっしょに考えてもらおうとしたのだが……。

「母に受けた恩を考えれば、同居して世話をするのは息子として当然の義務だよ」ようやく怒りを押しとどめたマイクは、改めて説得にかかった。「それに、君は結婚後も今の仕事を続けるんだから、同居して得をするのは君の方かもしれない。そうさ、どう考えたって、同居こそみんなにとっていちばん幸せな道なんだよ」

「うまくいきっこないわ」

「君が母に対して心を開いてくれないからだ」

「違うわ、マイク、私は……」

「違うものか。母の言うとおりだ。君は母のこと、毛嫌いしてるんだ。そうだろう?」

「あべこべよ。わかってちょうだい、マイク。毛嫌いなさってるのは、お母様の方なのよ」自分の気持ちが伝わらないもどかしさに、ナターシャは泣きたくなっていた。内気で引っ込み思案の彼女にとって、こんな形で婚約者と言い争うのは何よりつらいことだった。

「お母様は私を……憎んでらっしゃるわ」消え入りそうな声で彼女は言った。

「母が君を? 冗談もいいかげんにしてくれ! どんな証拠があるんだ? あるんだったら、言ってみろよ。さあ、早く!」

ナターシャは口を開いたが、言葉は出てこなかった。〝お母様は嫉妬していらっしゃるのよ。あなたを失いたくない一心で、結婚を妨害しようとなさっているんだわ〟――そんなことを言うのは、あまりにも残酷すぎる。マイクは深く傷つくだろう。

「どうなんだ?」マイクはせき立てたが、悲しそうに口をつぐんだナターシャを見ると、すっと立ち上がった。「よくわかったよ、ナターシャ。今までのことはすべて水に流そうじゃないか。僕にとって母はかけがえのない人だ。それなのに君がそんなふうにしか思ってくれない以上、結婚したってうまくいくはずがない。婚約は解消しよう」

ナターシャは全身から血の気が引くのを感じた。結婚式まであと三週間。ウェディングドレスも選び、故郷では両親が嫁入り支度をすべて整えてくれている。「婚約……解消……」小さく繰り返す自分の声を、ナターシャはぼんやりと聞いた。これは何かの間違いだ。きっと悪い夢でも見ているのに違いない。

だが、現実にマイクの信じられないような冷たい声がナターシャに突き刺さっていた。

「手遅れになる前に間違いに気づいたのが、せめてもの幸運だったよ」

がっくりとうなだれたナターシャの目に、左手のダイヤモンドの放つ光が空《むな》しく飛び込んできた。二人で選んだ婚約指輪。見るたびに幸福感が込み上げ、思わずほほ笑んだものだ。あまりに幸せすぎたのかもしれない。あんな大きな幸福が長く続くはずはない。ナターシャは震える指先から苦労して指輪をはずし、おずおずと差し出した。

「今さら返してもらったって、どうしようもない」マイクが邪険に払いのけた拍子に指輪は地面に落ち、ころころと転がって草むらの中に消えた。

振り向きもせずにマイクが行ってしまったあと、ナターシャは昼休みののどかな公園のベンチに長い間腰かけ、遠くを見つめていた。不意に視界が涙でぼやけ始めた。彼女ははじかれたように立ち上がり、駆け出した。流れる大粒の涙をぬぐおうともせずに、ナターシャは走り続けた。

長い黒髪を風になびかせ、泣きながら走る若い娘の姿に、人々の好奇の視線が集まっていた。それに気づいてようやく走るのをやめたナターシャは、まだ午後の勤務が残っていたことを思い出した。

顔を隠すようにしながら彼女は職場のあるビルに入り、洗面所に飛び込んだ。泣きはらした顔を冷たい水で洗い、髪にブラシを当て、コンパクトと口紅で念入りに顔を整えると、どうやら人前に出ても恥ずかしくない程度にはなった。目が少しはれぼったいのだけはどうしようもないが、ナイジェルが自分の秘書の小さな変化に気づく心配はなかった。

ナイジェル・ヘリスは自分自身にしか興味を持たない男だ。女性の関心をそそる整った顔立ちであることは事実だが、その顔に誰よりも関心を持っているのは当の本人だ。自分の魅力をさらに引き立たせるためのおしゃれにも気を遣っている。もう一つの趣味は車。もちろん女性にも目がない。だが、どんな車もどんな美人も、彼の自尊心を満足させ、彼を引き立たせるための小道具にすぎないのだ。

ナターシャがオフィスのドアを開けたとき、ナイジェルはデスクの端に腰かけて、丸めた紙をくずかごに投げ込んでいるところだった。「ごゆっくりだったね。楽しい昼休みだったと見える」にやりと笑って言った彼は秘書の全身をぶしつけに見回した。車でも女性でも、ナイジェルが選ぶときの基準は一つ――自分のイメージにふさわしいかどうか、だ。女性ならば、服装のセンスも良く、ほかの男たちがうらやむような美人でなくてはならない。不運にもナターシャはその条件をすべて満たしていた。

ナターシャが秘書になったその日から、ナイジェルは露骨なアタックを開始した。いくらすげなく断られても、彼はあきらめることを知らなかった。自分の魅力に抵抗できる女性がこの世に存在することを、ナイジェルは信じようとしなかった。

「いつ見ても君はかわいいねえ」秘書のスカートからのぞいているすんなりした長い脚を見つめながら彼は言った。

ナターシャは書類の束を彼のデスクに運び、平然と「ありがとうございます」と言った。この種の台詞《せりふ》はもう聞き飽きていた。

だが、なるべく多くの女性に自分の魅力に接する光栄を分け与えたいという使命感に燃えるナイジェルは、「今夜、暇？」と、今では日課のようになってしまった質問を今日も繰り返した。

「はい。何か？」と答えてしまった自分に、ナターシャは仰天した。〝いいえ〟と答えるのが通例なのに、今日はどうしてしまったのだろう。

意外な返事に、質問した当人も驚いたらしく、ナイジェルは一瞬絶句したが、すぐに相好を崩して、「今夜、パーティーがあるんだよ」と言った。もちろん、ナイジェル・ヘリスの魅力にいつまでも素知らぬ顔をしていられる女性など、いるはずがないのだ。「フォーテスキューを覚えているだろう？　彼が招待してくれているのさ。行って、大いに楽しもうじゃないか。きっと盛大なパーティーだぞ」

デイブ・フォーテスキューの顔を、ナターシャはおぼろげながら思い出した。半年ほど前、この広告代理店に大口の仕事を依頼した男だ。ナイジェルがその仕事の担当になり、世間をあっと言わせる名コピーを考え出して、会社とフォーテスキューを大いに満足させた。今でもその広告はテレビで、ラジオで、新聞、雑誌で、毎日のように人目に触れている。ナイジェルは我が身を鏡に映してほくそ笑んだ。美人と遊び回って一日の大半を過ごしているというのに、仕事の方でもすご腕として知られている。丸めた紙をもてあそびながら何時間もオフィスの中をうろつき、そして突然すばらしいアイデアを思いつくのだ。懐は常に温かい。ナターシャが同僚たちから聞いた話によると、彼はこの広告代理店始まって以来の名コピーライターという評判を取っているそうだ。

「プライベートなパーティーだったら、私なんかが行っても……」ナターシャが少し不安げに言い始めたのを、ナイジェルはかぶりを振ってさえぎった。

「公式のパーティーだ。いろんな人間が集まる。できたら新しい仕事の話も取りたいね。始まるのは八時だから、家へ帰って着替える時間はある。あとで迎えに行くよ。きっと最高のパーティーだぜ」

ナイジェルの言う〝最高のパーティー〟がどんなものか、ナターシャにはよくわかっていた。うわべばかりの作り笑い。運悪くその場にいなかった人々への果てしない陰口、中傷。昨日までなら、そんな場所には絶対に近づかなかったことだろうが、今日の彼女は違っていた。一人でマイクのことを考えてわびしく一夜を過ごすことに比べれば、空しいパーティーでさえ、はるかにましのように思われた。

チェルシーの裏通りにある一間きりのアパートがナターシャの住み家だった。窓から見えるのは、灰色がかった都会の空と、その下に果てしなく続く家家の屋根と煙突だけだ。ここで暮らし始めて一年半。その間に、アパートの住人の顔ぶれはずいぶんと入れ替わった。隣室には西インド諸島出身の若い娘が住んでいたが、ある日、その部屋から出て来てナターシャに声をかけたのは看護師だというアイルランド娘だった。人々はどこからともなくやって来て、またどこへともなく去って行く。

そんな都会の暮らしに慣れるには一年以上かかった。ドーセットの小さな村で、ナターシャは生まれ育った。両親と姉は今でもその村で暮らしている。姉の夫に特別な感情を抱いたりしなければ、ナターシャ自身、その村から一歩も出ずに一生を送ったかもしれない。ある日ジャックとおしゃべりをしている最中に、なんの前ぶれもなく彼女は自分の恋に気づいて愕然《がくぜん》としたのだった。ナターシャが物心ついて以来教えられてきた倫理や道徳によれば、それは許されない邪悪な感情だった。恋心を自分一人の胸にしまい込んだまま、彼女は悩み、苦しんだ。一カ月後、内気でおとなしい次女が突然ロンドンに出て働くと言い出したとき、ブレア夫妻は心底驚いた。

「どうして？　何が不満なの？」母はたずねた。

「不満なんかないわ。ちょっと都会暮らしを味わってみたくなっただけよ」ナターシャは無理に明るい笑顔を作って答えた。

皮肉にも、いちばん熱心に引きとめたのは姉のリンダだった。「あなたにロンドン暮らしなんかできるわけ、ないわよ。知らない人とは口もきけないんだから、友だちなんか一人もできないでしょうよ」

「だから、少し自分をきたえようと思って……」

「ねえ、本当のことをおっしゃいな。ナッティー、何があったの？」

「ナッティーって呼ぶのはやめてよ」微笑と共に話題をそらしながら、ナターシャは泣きたい気持ちになっていた。こんなにも心配してくれる姉を裏切るようなことは絶対にできない。好き好んでロンドンへ行くわけではないが、このままではますますひどいことになるだろう。姉夫婦はブレア家からわずか二分の距離に住み、二人そろって日に何度も実家へやって来る。ジャックへの思いを断ち切るには、やはり遠くで一人暮らしをする以外にないのだ。

ジャックを忘れるのには三カ月かかった。静かな村の生活からは想像もできないあわただしい業界に飛び込んでしまったことも幸いした。人の出入りが絶えないこの職場で、ナターシャは多くの人に出会い、姉の予言に反して友人もたくさんできた。もっとも、心を開いて頼れるような親友はまだ一人も見つからないが、たわいない雑談をする程度の友人でも、苦い初恋のことを忘れさせてくれる役には立った。ロンドンに来て半年もすると、ジャックの存在を思い出すのはリンダからの手紙を読むときぐらいのものになった。

ナターシャは重い荷物を下ろしたようなほっとした気分になった。リンダに対してなんの後ろめたさも感じずに家にも帰れるようになった。そしてマイクと巡り会うことによって、彼女はジャックへの恋心から完全に卒業できたのだった。

その夜、アパートで着替えをするナターシャの頭の中は今度の一件を家族にどんな形で打ち明ければいいのだろうということでいっぱいだった。マイクは何度かドーセットを訪れ、ブレア家の人々に会っている。両親はマイクを気に入ってくれた。だが、どういうわけか、リンダは少し気乗り薄だった。

「彼のこと、気に入らないの？」ある日ナターシャは姉にたずねた。

「まさか。あなたが好きになった人なら、私も大好きに決まってるじゃないの」とリンダは答えたが、その前に一瞬のためらいがあり、声にもどこか不自然さが感じられた。確かにマイクは物静かなジャックとは対照的な青年だ。話好きで快活で自信に満ちあふれている。つまり、リンダ自身とあまりにも似通った性格なのだ。

だからこそ、リンダは敵意とまではいかなくともライバル意識のようなものを持ってしまうのかもしれない、とナターシャは思った。長い間、リンダはブレア家の人々の中で常に主導権を握ってきた。ジャックは万事につけ妻の言いなりだし、ブレア夫妻もよほどのことでない限り、勝ち気な長女のするがままにさせている。一方、マイクも同じように自分を押し通して生きてきた青年だ。リンダは彼の出現で自分の地位が脅かされるのではないかというひそかな脅威を感じたようだった。しかし、妹思いの彼女は、もちろんそれを口には出さなかった。そして結婚式の準備に忙しいブレア夫人を何かにつけて手伝っていた。

両親や姉に、いったいなんと言って説明すればいいのだろう。ナターシャは鏡に映った自分の顔を見つめながら考えた。まだ顔色は悪く、青い目も暗く沈みがちだ。たとえマイクが口げんかのことを後悔して謝りに来るとしても、この結婚は無理だという事実を変えることはできない。義理の母親に嫌われ憎まれながら一つ屋根の下で暮らせるわけがないのだ。この問題を、マイクの兄のケネスは地球の反対側に断固として踏みとどまることで解決しているが、同じようなことをマイクに望んでも不可能だ。マイクは兄の分まで親孝行したいと思い、母の立場でしか問題を考えようとしていないからだ。彼にとって耳障りな真実をあえて教えても、ますます彼の怒りを買うだけのことだろう。

ナターシャはお気に入りのドレスのファスナーを引き上げた。赤い珊瑚《さんご》の色をした絹のワンピースは彼女の細身の体にしなやかにまとわりつき、形の良い胸の膨らみを浮き上がらせた。決して大胆なデザインではないが、そのためにかえって体の線があらわになってしまうような気がして、ナターシャは買うのに二の足を踏んだ。「買えよ。そのドレスを着た君を見たいんだ。僕の心臓はきっと倍の速さで打ち始めるだろうな」とそのときマイクは言った。マイクがすべてを決めてくれることで、ナターシャは幸せだった。彼女は女らしさを絵に描いたような娘だった。内気で引っ込み思案なところは、ロンドンに来てからも変わっていなかった。男性に声をかけられただけでもすくみ上がり、逃げ出したくなるというのに、相手はいっこうにあきらめようとしない。ある青年にしつこく言い寄られて、彼女は姉に相談を持ちかけたことがある。

「あなたが悪いのよ。いい年して、そんなこともわからないの？　犬をごらんなさい」リンダは言った。

「犬？　犬がどうしたの？」

「怖いと思って逃げ出したりしたら、犬は待ってましたとばかりに追っかけて来るわ。男だって同じよ。男たちは、あなたが逃げ出しそうな女の子だってことを一目で見抜いて追いかけ始めるんだわ」

「でも、どうしてわたしなんかを……」泣きそうな顔で言う妹を見て、リンダは絶望的なため息をついた。

「あなたって子は何もわかってないのね。どうしようもないんだから！」

窓の外でけたたましく鳴るクラクションの音に、ナターシャは跳び上がった。急いで窓に駆け寄り、下を見おろすと、ナイジェルの真っ赤なスポーツカーがアパートの前にとまっていた。車蓋《フード》を後ろにたたんでしまった車の中から、ナイジェルがこちらを見上げて手を振った。ナターシャも手を振り返し、鏡台に戻って香水を耳もとと手首、のどのあたりに軽く振りかけた。アパートの階段を降りて行く彼女の足取りは重く、パーティーに行くなどと言わなければよかったという気持ちがしだいに募《つの》り始めていた。しかし、一人だけのアパートはあまりにもうつろに思えた。ナイジェルといっしょにいれば、マイクやポーター夫人のことはおろか、どんな考え事にもふける時間はないだろう。彼の巧みな誘いかけをはねつけるだけで手いっぱいになるはずだ。内気とはいえ、ナターシャは意志の弱い娘ではなかった。いったんこうと決めたらてこでも動かないところがあり、今夜もナイジェルには指一本触れさせない決心をしていた。

勢いよく車のドアを開けたナイジェルは、愉快そうに鼻をうごめかした。「いい匂いだ。バルマンの香水だな?」

「ええ」と言いながら、ナターシャは助手席に乗り込んだ。婚約した日にマイクが買ってくれた香水だった。秘書の給料では手の届かない高価なものだ。たった一間きりのアパートなのに、給料の大半は家賃に消えてしまう。それでもナターシャがここにとどまっているのは、都心に近いため交通費が安くてすむことと、もう一つ、テームズ川が近いためだった。川風に当たりながら水の流れを見つめていると、都会生活の煩わしさも忘れ、新鮮な気分になることができた。

「今夜の君は、とりわけおいしそうに見える」ナイジェルは車をスタートさせながら言った。「そのドレスのせいだろうな。今夜は最高の夜になるぞ」

とうもろこしのような黄色い髪を風になびかせて、ナイジェルは巧みなハンドルさばきで都心に向かっていた。自慢するだけあって、みごとに均整のとれた横顔だ。口を開きさえしなければ、ロマンチックな若き詩人と言っても通用するかもしれない。

「あなただって、すごくすてきに見えます」ナターシャが言うと、彼はまっすぐ前方を見つめたままわずかに顔をほころばせた。無知な大衆にようやく自分の偉大さを認めさせた芸術家のような微笑だった。

「新しいスーツのせいだろう?」

「お似合いですわ」ナイジェルのスーツは仕立ての良さが一目でわかる淡いブルーの三つぞろいだった。ワイシャツは紺色の縦じま。ネクタイもブルーだ。

「我々は人もうらやむカップルに見えることだろうよ」ナイジェルが、ブルー系で統一した自分の服装とナターシャの真っ赤なドレスとの配色のことを考えているのは明らかだった。

二人が着いたとき、パーティー会場にはすでに多くの人々が集まり、グラスを片手に談笑していた。

ナイジェルもさっそくグラスを受け取ってナターシャに渡し、自分もシャンペンを口に含みながら会場を見回した。「おや、ソニアも来てる」

　ナターシャの心は沈んだ。ソニア・ウォリンはある大手メーカーの宣伝担当者として、しばしばナイジェルのオフィスにも顔を出していた。いつも笑顔を絶やさない美人だが、その笑いに心がこもっていないという点ではナイジェル以上だった。ナイジェルの手招きに応じて、彼女はすぐにやって来た。熱烈なキスを交わし、耳もとでささやき合うソニアとナイジェルを見ているうちに、ナターシャはこんな場所にのこのことやって来た自分がいやになった。

　ナイジェルのシャンペンがなくなっているのに目を留めたナターシャは「お代わりを持って来るわ」と言って彼の手からグラスを受け取った。

「ありがとうよ、かわい子ちゃん」

「本当、悪いわね」と言って、ソニアも自分のグラスを差し出した。ナターシャは無言でその場を離れ、自分のも含めて三人分のシャンペンを持って来るとまた無言で二人にグラスを手渡した。そして、周囲の話し声を聞くともなしに聞きながら、二杯目のシャンペンをグラスが空になるまで飲み干した。

　ナイジェルが三杯目を手渡したときも、ナターシャは素直に受け取り、口に含んだ。シャンペンは不思議な飲み物だ。飲めば飲むほどのどが渇いてくる、と彼女は思った。

のだ。

「楽しんでるかい？」ナイジェルがたずねた。

「ええ、とっても」ナターシャはシャンペンのもう一つの効果に気づき始めていた。たった三杯飲んだだけで、暗い思いがどこかへ吹き飛び、なんだかむやみに楽しくなってきたのだ。

周囲の話し声の中の、ある言葉がナターシャの耳を引いた。「義理の母親なんて」と、ある青年がしゃべっていた。「義理の母親なんて、どうしようもない意地悪ばあさんさ」

ナターシャは澄んだ笑い声を上げた。彼女の存在に初めて気づいたような人々の視線がいっせいに集まった。ナイジェルまでが彼女を見つめ直した。

「君、どこから来たんだい？」義理の母親に悩まされているという青年が顔を輝かせながらたずねると、ナイジェルは怒ったように彼女の腰に手を回した。

「手を出すんじゃない。この子は僕のものだ。うせろ、このこそ泥め」

「確かに俺は大泥棒さ」青年は言い、ナターシャの前でうやうやしく頭を下げた。

ナターシャは再びけらけらと笑った。何がおかしいのかは、自分でもよくわからなかった。近くの別のグループの中から、黒い髪の頭が一つ、振り向き、驚いたような灰色の目で彼女をまじまじと見つめた。その目に向かって、ナターシャはうっとりしたような微笑を投げかけた。

さっきの青年がまた話しかけていた。「君、名前は？　会ったのはこれが初めてだよね？」

ナイジェルが代わりに答えた。「そうだ。そしてこれが最後になるはずだ。とっとと家へ帰って、意地悪ばあさんのお相手でもしているがいい」

みんながどっと笑ったのを潮に、人々は話し相手を変えて移動し始めた。ナイジェルの脇に体をあずけたナターシャは、自分たちの周囲に集まった新しい顔ぶれの雑談にぼんやりと耳を傾けていた。

「君の車を見たよ」と誰かがナイジェルに言った。「スピードの出そうな車だな。リッター当たり何キロだ？」

「五キロちょっとかな」

「今どきそんな燃料を大食いする車を乗り回すなんて、正気か？　僕のなら九キロは走るぞ」

「何に乗ってるんだ？　乳母車か？」ばかにしたようにナイジェルが言い、笑い声が広がった。誰かが自分のは十四キロ走ると言って、みんなの冷やかすような驚きの声を浴びた。

そこに集まった人々の顔を、ナターシャは順に見回していた。その中に、さっきの灰色の目をした男性がいた。彼は唇にかすかな笑いを漂わせてナターシャを見つめていた。彼女もにっこりとほほ笑み返した。

「平地でなら、僕の車は君のよりずっとスピードが出るさ」誰かがナイジェルに言った。

「同感だな。君が勝つ方に二十五ポンド賭《か》けるよ」

別の誰かが言うと、ナイジェルはせせら笑い、「いつか実際に車を走らせて試してみよう」と言った。

「いつか、なんて言わずに、今すぐやってみようじゃないか。僕の愛車も外にとめてあるんだからな」

「よせよ、正気の沙汰《さた》じゃない」とたしなめる声があった。が、二十五ポンド賭けると言った男はついにけしかけた。「どこか、直線道路へ行けばいい」ナイジェルも今やすっかり乗り気になっていた。「よおし、受けて立ってやろうじゃないか！」

議論と笑いがひとしきり渦巻いた。それを聞きながら、ナターシャは正面の灰色の目を食い入るように見つめていた。ナターシャと同様、彼も話には加わらず、ときおり話しかけてくる者がいても、無言のまま首を縦か横に振るだけだった。

非常に背の高い男だった。人々の中で、彼の黒い頭だけが群を抜いていた。淡い色のスーツを無造作に着こなし、何気ないしぐさにも優雅さと自信があふれている。なんて、すてきな人。ナターシャは心の中でつぶやいた。そう思うのは彼女一人ではないらしく、ソニアもちらりちらりと物欲しげな視線を彼に送っていたし、会場のあちこちからも同じような視線が投げられていた。男らしさを全身から発散させているようなこの男なら、どこへ行っても人々の注目を引かずにはいられないだろうとナターシャは思った。今まで会ったことはない。会っていれば、忘れるはずがない。圧倒されるような男らしさに脅えて逃げ出しながらも、忘れることはなかっただろう。ほほ笑む灰色の目で見つめられ、ナターシャは全身の血が騒ぎ始めるのを感じていた。

「さあ、行こう」ナイジェルがせき立てた。

「行くって……どこへ？」ナターシャは眉を寄せた。

「カー・レースをやるんだ。さあ」彼はナターシャの腰に回した手に力を入れた。

訳がわからないまま、彼女はにぎやかな一団と共に戸外に連れ出された。

「ねえ、いったいどういうことなんですか？」

「言ったろう？　今からカー・レースをやるのさ」アルコールの匂いをぷんぷんさせながら彼は叫んだ。

ナターシャは急に不安になった。「ナイジェル、そんな危ないこと、やめてください」

「心配ないよ。さあ、乗った乗った」ナイジェルは助手席のドアを開けてナターシャの背中を押したが、彼女は懸命に踏みとどまった。ほかの人々は次々に自分の車に乗り込んでいた。笑い声、話し声、そして車のドアを閉める音で、駐車場は大変な騒ぎだ。「早く乗ってくれよ。君を置いてはいけないじゃないか。さあ、ぐずぐずせずに！」いら立ちながらナイジェルがせき立てた。

そのとき、静かな声が割って入った。「この人は僕が車で送って行こう」

ナイジェルは振り向き、怒ったように言った。「あんた、誰だね?」

その質問に答えたのはソニアだった。「ジョー・ファラルよ。ナイジェル、ジョーは知ってるでしょう? こんばんは、ジョー。私のこと覚えてらっしゃる? ソニア……」

「覚えているとも」ジョーと呼ばれた男はそっけなく言うと、ナターシャに話しかけた。「僕といっしょに来ませんか? スピード狂たちのくだらんカー・レースなんか、君はいやでしょう?」

「ええ」

ナイジェルはたちまち顔色を変えて怒り始めた。「何を言うんだ。この子は僕といっしょに来るんだよ」ほかの車は次々に駐車場を出て走り出していた。「さあ、ナターシャ、来いよ」

彼の手をさっとすり抜けたナターシャをかばうように、ジョー・ファラルは言った。「この人は、僕のそばにいた方が数倍も安全だよ」

耳障りな悪態をついたあと、ナイジェルは運転台に跳び乗り、ほかの車のあとを追って夜の町に消えて行った。

ナターシャは半ばまどろみながらジョー・ファラルのたくましい腕にぐったりと寄りかかっていた。ソニアが笑顔で寄って来たが、その目には敵意が表れていた。「せいぜいお楽しみあそばせ!」意地悪な声でそう言うと、ソニアはきびすを返して立ち去った。

腕の中のナターシャを見おろしながら、ジョー・ファラルが言った。「さて、これからどうする?」

「お任せするわ」

「ほお。すると、僕の好きにしていいのかな?」

「頭のてっぺんからつま先まで、みんなあなたのものよ。お好きにどうぞ」ほほ笑みと共にナターシャは言い放った。「郊外のドライブもいいわね。一晩中ずっとドライブしていたいわ」

「僕の考えとは少々違うな」

「私、田舎が好きなの。田舎の川や森や鳥が好きなの。特に夜の田舎は好き。大好きよ」

「じゃあ、田舎に行こう。ちょうど格好の場所がある。そこへ行こう」

「すてき!」

彼はナターシャの体を抱えるようにして黒い大型の車の前に連れて行き、手を貸して中に乗り込ませた。

ナターシャは豪華なシートに体を沈め、安堵《あんど》のため息をついた。車が走り始めたとき、彼女は楽しそうな声でたずねた。「これからどこへ行くの?」

「さっき決めたじゃないか。田舎だよ」

た。

「そうだったわね」ナターシャの眠気は覚め、奇妙に頭がさえ始めていた。自分のしていることが無鉄砲で愚かな行為だということもよくわかっていた。だが、どうしたわけか少しも怖くはなかった。胸の中にシャンペンの泡のようなものがたぎり、陽気にはじけていた。

車はロンドンの市街を通り抜け、静かな郊外の道を滑るように走っていた。通る車の数もめっきり少なくなった。どのあたりを走っているのか、ナターシャには皆目わからなかったが、別に気にもならなかった。紺色をした夜空にきらきらと輝いている星を、彼女はうっとりと眺めていた。ジョー・ファラルがスイッチをひねると、カーラジオからジャズのスタンダードナンバーが流れ始めた。甘いクラリネットの響きに合わせて、ナターシャは小声で歌詞を口ずさんだ。

「ハスキー・ボイスだな」笑いながらジョーが言った。

「きれいな声じゃなくて、悪かったわね」

「いや、いい声だよ。好きだね、その声。君のすべてが好きだよ、ナターシャ。特に、その目が好きだ。名前もいい。珍しい名前だ」

「私がお腹にいるとき、母はロシアの小説に凝ってたんですって。だから生まれた子どもにも、そのとき読んでた小説のヒロインの名前を付けたの。もちろん、『戦争と平和』よ、母が読んでたのは」

「お母さんは偉い。君にぴったりの名前だ」

「まあ、ありがとう」ナターシャはにっこり笑ってそう言うと、風に乱れた長い黒髪を手でなでつけた。

「そうしているところは、まるで人魚のようだ。半分は人間、半分は妖精。この世のものとは思えないよ」

「そのとおりよ。ここに座ってるのも私じゃないの。本当の私は、ほら、あそこに浮かんでるのよ」ナターシャは片手を上げて夜空を指さした。「大きなシャボン玉の船で、空をふわふわと飛んでいるの」

楽しそうに笑ったあとで、ジョーはふと眉を寄せた。「シャボン玉が割れたらどうする?」

「私のお船は割れないわ。今夜だけは割れないわ。明日のことなんか、どうだっていいじゃないの」

ジョーの片手がハンドルを離れ、長い指先がナターシャの紅潮した頬を優しくなでた。

「そうだ、明日のことなんか、どうとでもなれ!」

車はますますスピードを上げて夜のしじまの中を駆け抜けて行った。

2

夜空を覆っていた黒い雲が急に途切れ、月が雲間から顔を出した。車の前方に波頭の立った海を見たナターシャが驚きのあまり背筋を伸ばして座り直し、「海だわ」とつぶやくと、ジョー・ファラルは楽しそうにほほ笑んだ。

「ご名答」

「海へ行くつもりだったの？」

「どうかな」

「ここはどこ？」

「ケント州東海岸」

ナターシャは周囲を見回した。うねうねと続く低い丘の上で羊が草を食《は》んでいる。銀色の月の光が白い筋のようになって丘や木立を照らしている。

「なんだか、魔法の夜みたい」ナターシャは車のシートに体を沈めた。

「寒くはないかい？」

暖かい夜だった。田舎道を軽快に走る車。顔に吹きつける風。すべてが心地良かった。

「いいえ。いい気持ち。とってもいい気持ちよ」

彼は笑った。「みんなシャンペンのおかげだ、なんて言わないでくれよ」

「シャンペンの悪口を言わないで。こんなにすてきなものはないわ」車は左に急カーブを切って、垂直とも思えるような切り立った坂道を上り始めていた。両側はうっそうとした木立で、木の葉の間を月光がわずかにこぼれてくる。「どこへ行くの?」ナターシャはたずねた。

「この車は魔法の車。きっとすてきなところへ連れて行ってくれるさ」

車一台がやっと通れるほどの狭い道は、急なカーブを描きながらどこまでも続いていた。ごくまれに家があり、エンジンの音を聞きつけた犬がほえたてたこともあったが、どの家にも明かりのついている家はなかった。

「世界中で、起きてるのは私たちだけね。みんな、ぐっすり眠ってるんだわ」まさしく、自分たちのためにだけある魔法の夜だとナターシャは思った。ジョーは片手を伸ばして彼女の顔にかかった一房の髪を払いのけた。

「幸せかい?」

「ええ」金色の雲の上に乗っているようなうきうきとした気持ちだった。彼女はこの車の行き先はおろか、自分が何者かということさえ気にしなくなっていた。今日の昼間、人生に絶望して泣いたナターシャ・ブレアは、自分とは無縁の人間のような気がした。ここにいるナターシャは、危険に近寄ることさえ怖がる内気で恥ずかしがり屋の娘ではない。思いのままを口に出し、行動できる大胆で快活な娘だ。「すてきだわ」

「すてきだろう?」彼女の頭の中を読み取ったかのようにジョーは言った。シートにもたれてうっとりと夜空を見上げていたナターシャは、「さあ、着いたよ」と言うジョーの声で体を起こして前方を見た。車は白い小さなコテージ風の山荘でとまっていた。

ナターシャを従えてコテージに近づいたジョーは、ドアの横木の上を手探りして鍵《かぎ》を取り出し、鍵穴に差し込んだ。ドアはぎーっと音を立てながら開いた。「お化け屋敷みたい」ナターシャは言った。

「よくわかったね。ここはお化け屋敷だぞ」ジョーは笑いながら言うと、彼女をコテージの中に通し、照明のスイッチを入れた。

趣味の良い家具がそろっていたが、長い間使っていなかったような冷たい感じの部屋だった。ナターシャは小さく身震いした。

「寒いのかい?」と言いながらジョーは歩み寄り、両腕を彼女の腰に回した。ナターシャは広い肩に頭をあずけ、優しく髪をなでてくれる彼の手の温《ぬく》もりを心地良く味わっていた。

「いい気持ち」

「これはまた、偶然の一致かな。僕も実にいい気持ちだよ。ところで、何か食べたくないかい?」

「食べたいわ」と言ったあとで、彼女は自分でもびっくりした。急に空腹に気づいたからだ。

「僕もだよ。我々は実に気が合う。そうじゃないかとは思っていたんだがね」

「でも、材料はあるの?」とたずねたナターシャの耳に、彼はキスした。

「もちろん」

「そう、もちろんよね」心配した方がおかしい。今夜は望むことすべてがかなう夜なのだから。

二人は小さな台所でハムエッグを作り、インスタントコーヒーを入れた。そのコーヒーを飲み終えたころ、もうあくびを始めたナターシャを、ジョーは好もしげに見つめた。

「ベッドに入るといい」ジョーは優しく言って彼女を椅子から助け起こし、肩を貸しながら二階へ連れて行った。そこは、かわいい花柄の壁紙に囲まれた寝室だったが、ナターシャのまぶたは重く、部屋を観察するどころではなかった。

「今日は疲れることばかりだったわ」

ドレスのファスナーをジョーの手がゆっくりと引きおろし、背中の素肌をさすり始めた。ナターシャは半ば目を閉じたまま低い含み笑いの声をもらした。「気持ちいいかい?」と聞かれ、彼女はもう一度低く笑った。ジョーの唇がナターシャの口もとに触れた。「君はすてきだよ」

「あなたも……」

「うれしいことを言ってくれるね」と言いながら、ジョーは唇を重ね合わせたまま彼女のブラジャーのホックをはずした。ワンピースが床に落ち、その上にブラジャーも落ちていった。

たくましくしなやかな指先が胸の膨らみの上で静かに動き始めるのを感じたとき、ナターシャの唇から熱いため息がもれた。何もかも初めての経験だった。過去のかなたに捨ててきたナターシャ・ブレアは、愛するマイクにさえ最後の一線を越えさせようとしない内気な娘だった。しかし、ここにいるナターシャは、黒い髪、温かい目のこの男性が今しているることを、なんのためらいもなく受け入れ、自らも楽しんでいるのだ。

快い興奮が彼女の体を震わせると、ジョーは「寒いんだろう？　ベッドにお入り」とかすれた声で言ってベッドの上掛けをすその方に押しやった。ナターシャは素直にベッドにもぐり込み、ジョーが服を脱ぐのを見守った。一週間前だったら、男性がワイシャツのボタンをたった一つはずしただけで、彼女は悲鳴を上げて部屋から跳び出して行ったに違いなかった。自由とはなんとすばらしいものだろうと彼女は思った。

褐色のたくましい胸をあらわにしたジョーがベッドに歩み寄って来るのを目にしたとき、ナターシャのけだるい満足感の中に別のものが入り込んできた。味わったことのないような興奮が彼女の全身をうずかせ、体が火のようにほてり始めた。ベッドのそばで一瞬足をとめ、熱にうかされたような彼女の目をじっと見つめたジョーは、スタンドの明かりを消して静かにベッドに入って来た。触れ合った肌と肌の感触が、ナターシャの全身を再び大きく震わせた。

白い肩口に軽いキスを与えながらジョーは言った。「一目見たとき……君を一目見たとき、僕は感電したような気分になったんだよ。君はどうだった? こんなことは生まれて初めてだ。まるで大波にさらわれたような、そんな感じだ」

私もそうなの、と言うかわりに、ナターシャは筋肉の盛り上がった厚い胸に、そして力強い腕に、震える指先をはわせていた。

ジョーのキスが今度は唇に移ると、ナターシャは両腕を彼の首にからませ、熱烈なキスを返した。めくるめくような熱い興奮が彼女を取り巻いた。だがそのうち、ナターシャは頭の隅に執拗《しつよう》にささやきかける小さな声に悩まされ始めた。このすばらしい幸福感に水をさそうとするその声を黙らせるために、ナターシャはしっかりと目を閉じ、柔らかい肌をもてあそんでいるジョーの指の動きに、低い満足のうめき声をもらした。

ジョーの動きはさらに激しく、攻撃的になった。吹き荒れる嵐《あらし》のような欲望の渦に身を委《ゆだ》ねていたナターシャは、興奮のうずきとは異種の痛みが全身をつらぬくのを感じ、思わず両手で彼の体を押しやった。

闇《やみ》の中でジョーの目がきらりと光った。しゃべり始めた彼の声には、純粋な驚きが表れていた。「初めてだったんだね？　知らなかった……。もう大丈夫だよ。決して怖い思いはさせない……」優しい声で言われ、ナターシャは体の力を抜いて再び目を閉じた。胸の膨らみを、ジョーの柔らかい唇が愛撫《あいぶ》し始めた。攻撃的な荒々しさは姿を消した。女性のすべてを知りつくした指先が巧みに動き回り、ナターシャを再び興奮の絶頂へと引き上げていった。

気がつくと、ナターシャはジョーの体重を全身で受けとめ、彼の激しい息づかいを耳もとで聞いていた。彼女の息も熱かった。あの小さな声は、とっくに頭の中から消えていた。固いさなぎの殻を抜け出た蝶のように、ナターシャは自由だった。全身をとろけさせるようなこの喜びが、たとえ子どものころからたたき込まれてきた教育やしつけに背く禁断の果実だとしても平気だった。これまでの彼女は、絶えず他人からこうあるべき、こう振る舞うべきだと決められたままに生きてきた。家族の反対を押し切ってロンドンに出て来たことさえ、そんな生き方の一部でしかなかった。今日マイクとけんかになったあの瞬間まで彼女は従順で女らしい女の役を演じてきたのだった。けんかして初めて、ナターシャは現実の厳しさに突き当たった。どんなに愛していても、マイクとは結婚できないという現実だ。ポーター夫人の意志に逆らって結婚したとしても、その先の悲惨な結婚生活は目に見えている。マイクにとっては婚約者よりも母親の方が大切だ。それが現実だ。思いを寄せた相手が姉の夫だったという現実が、ナターシャを故郷から旅立たせた。もう一つの現実が、マイクとの幸せな未来を打ち砕いた。現実、現実。現実なんか地獄へでも落ちればいいんだわ。ナターシャはそう思いながら、ジョー・ファラルの肩に取りすがり、熱い唇を当てた。くぐもった歓喜の声が二人の唇からもれ出た。

今までの人生は、現実から逃げることだけにあくせくしてきたようなものだと彼女は思った。柔和で優しく素直な女であれ、と教え込まれ、疑いもなくそのとおりに生きてきた。自信に満ち、自分の権利や要求を堂々と主張する強い人間として生きるべきだとは、誰一人教えてくれなかった。一週間前だったら、ジョー・ファラルに誘われてもあたふたと逃げ出したか、仮に踏みとどまったとしても、自分の殻に閉じこもり、ただおどおどしているだけだったに違いない。荒れ狂う大波のように押し寄せてくるこんな歓喜の瞬間をジョーと共に過ごすことなどとうていできなかっただろう。

「まるで夢のようだ」寝室に静寂が訪れたとき、上気した顔をナターシャの黒髪の中にうずめたジョーはつぶやいた。

「夢なら夢でいいじゃない」快い眠りの中に引き込まれながらナターシャが言うと、ジョーは少し意外そうな笑い声を上げた。

「よくはないよ。なぜそんなことを言う?」

ナターシャは答えず、ほてった体を彼に押し当て深い眠りに落ちていった。

目が覚めたとき、ナターシャは自分がどこにいるのかわからなかった。見知らぬ部屋の天井を呆然《ぼうぜん》と見上げた彼女は、自分をのぞき込んでいる灰色の目に気づいて跳び上がりそうになった。

「おはよう」温かみのある低音の声が言った。ジョーはナターシャの隣に体を横たえたまま、頬杖をついて彼女を見おろしていた。この執拗な視線のせいで目が覚めたのだろうかとナターシャは思った。

だが、視線だけではなかったことに彼女は気づいた。形の良い長い指先が、白い肌の上を滑っていた。「やめて」弱々しくつぶやき、ナターシャは彼の手を押しやって起き上がろうとしたが、体を半分起こしたとたん、再び枕に体を沈めてしまった。「頭が……。誰かが私の頭に釘《くぎ》を打ち込んでるみたい」

ジョーは笑って「二日酔いだよ」と言うと、再び彼女の体に手をかけた。

ナターシャの顔はたちまち真っ赤になった。泣きたいほどの惨めさに襲われながら彼女は再びその手を押しやった。死んでしまいたい、と彼女は思った。昨夜の記憶が一度によみがえってくる。この自分が本当にあんなことをしたのだろうか。信じられない。だが、頭の中では映画の画面でも見るような鮮明な映像が次々に映し出されている。

そんなナターシャの様子を、ジョーはいぶかしげに見つめた。「急に恥ずかしくなったのかい？　じゃあ、こうしよう。僕は下へ行ってコーヒーをいれて来るから、話はそれを飲みながらということにしよう」彼は頭を下げてナターシャの額にキスした。まるで大人が子どもに与えるような優しいキスだった。「寝ぼけていないで早く目をお覚まし。ゆうべは僕の人生始まって以来のすばらしい一夜だった。今後のことで、話し合うべきことが山ほどあるんだからね」

ナターシャは目を固く閉じたまま何も言わなかった。ベッドのスプリングがきしみ、ジョーが床に降りる気配がした。そして衣《きぬ》ずれの音。彼が服を着ているのだろう。早く服を着て、早く部屋から出て行ってほしいとナターシャは思った。

「四、五分で帰って来るよ」と言い残して、ジョーは部屋を去った。軽い口笛と共に、階段を二段ずつ降りているらしい足音がした。自己嫌悪と後悔で身もだえしたくなっているほどのナターシャとは違い、ジョー・ファラルは今も雲の上にでもいるような陽気な気分らしかった。

残酷なまでに明るい朝の光に目をしばたきながら、ナターシャは彼に言うべき言葉を探した。だが、まだ何も考えられないでいるうちに、ジョーはコーヒーカップが二つ並んだ盆を運んで戻って来た。ナターシャがおびえたように目をそらすのを見て、彼は心配そうに眉を寄せ、盆をベッドの上に置いてからその傍らに腰をおろした。

「そんな顔をすることはないんだよ」両手で彼女の右手を優しく包み込みながらジョーは

言った。「すばらしかったじゃないか。ああなるまでのスピードが速すぎたとは思うが、初対面の娘さんと、いつもこんなことになっている男だなんて思わないでほしい。ゆうべみたいなことは、僕だって初めてなんだ。すばらしかった。魔法の一夜だった。そう思うだろう?」

のどにつまった何か固いものを懸命に飲み下してからナターシャは小さな声で言った。

「私、婚約しているんです」

ナターシャの手が急に自由になった。またもベッドをきしませながらジョーは床に降り立った。息のつまるような重苦しい沈黙の中で、ナターシャはじっとベッドのシーツを見つめていた。やがて、冷たく厳しい声が彼女に突き刺さった。「ゆうべのあいつか? ばかげたカー・レースをしに出て行った、あの男なのか?」

かぶりを振った拍子に、ナターシャの頭は再びずきずきと痛んだ。できることならベッドの下に潜り込み、そこにうずくまって残りの一生を過ごしたいような気分だった。それでも、やっとの思いで彼女は声を出した。「昨日は私、どうかしてたんです。婚約者とけんか別れしてしまって、それでナイジェルなんかの誘いに乗ったんです。いつもの私だったら、決してゆうべみたいなこと……」昨日の陽気で大胆な娘は完全に姿を消していた。もう二度と現れることはないだろうと、ナターシャは思った。ジョー・ファラルの返事はなかったが、ナターシャには顔を上げて彼の顔を見る勇気がなかった。

恐ろしい沈黙のあと、彼はようやく口を開いて「わかった」と言ったが、何がわかったのかを説明する気はないらしかった。

「本当に、私……」

「ああ」彼はぶっきらぼうにさえぎった。

「あの……私、今まで一度だって……」

「わかってる」

冷たい声で言われ、ナターシャは頰が熱くなるのを感じた。確かにそうだ。今さら説明するまでもなく、彼は昨夜のうちにそのことを知ったのだった。

「冷めないうちに飲むといい」と言って、ジョーは彼女の手にコーヒーカップを押しつけた。「何か食べるものを作って来ようか?」

「いいえ、食べられそうもありませんから」

「なるほど。……では、コーヒーを飲んだら服を着て帰り支度をするといい。ロンドンまで送ろう」そう言って、彼は部屋を出て行った。

着替えを終えて浴室から出たナターシャは小屋の外に物音を聞いたように思い、足音をしのばせて窓に歩み寄った。ジョー・ファラルが朝日を浴びながら遠くの丘を見つめていた。黒い髪を風になびかせた彼の後ろ姿は、全身で怒りを表していた。

ナターシャがのろのろと階段を降りて外に出ると、彼はドアをロックし、鍵をもとの場所に戻した。車に乗り込みながらナターシャは「ここはあなたの別荘なんですか?」とたずねたが、彼はそっけなくうなずいただけで、すぐにエンジンをかけ、荒っぽいハンドルさばきで車を道に出した。「あの……申し訳ありませんでした。どうか怒らないでください」

「怒ってはいない」と彼は言ったが、それは明らかにうそだった。

「私、自分を軽蔑《けいべつ》しているんです」

彼は突然向き直り、かみつくような声で言った。「なぜだね? 僕とベッドを共にしたからか、それとも、愛する男に不実を働いたからか、どっちなんだ?」

すさまじいけんまくに、ナターシャは思わずすくみ上がった。「両……両方です」

「うれしいことを言ってくれるじゃないか。この僕と一夜を共にしたばっかりに、いたたまれないほどの自己嫌悪に悩まされているなどと聞かされると、なんだか自分が大物にでもなったような気がする」

ナターシャは膝の上で両手を痛いほど握り合わせた。「すみません。そんな意味で言ったんじゃないんです。私、あなたに説明を……」

「僕のことなど気にかけてもらわなくてもいいよ。説明してもらわずとも、すっかりわかっているんだから」

「いいえ。おわかりになってはいませんわ」

「わかっているともさ」車は山道を出て広い舗装道路に入った。ジョー・ファラルは速度計の針も吹き飛びそうなほどのスピードで乱暴に車を飛ばし始めた。

「すみませんが、どうか、もう少しスピードを落としてください」

車はわずかに低速になったが、ドライバーはむっつりと押し黙り、顔を背けたままハンドルを握っていた。彼の怒りをなんとかしてほぐそうという努力を、ナターシャはついにあきらめた。

ロンドンに近づくにつれて道は込み始め、都心に入るまで一時間半もかかった。その間ジョー・ファラルは一度も口を開かなかった。このドライブが早く終わり、早くこの男の前から姿を消したい、ということだけを念じながら、ナターシャは身じろぎもせずに座っていた。

渋滞の続くロンドン・ブリッジの上から灰色の水の流れを見つめていたナターシャは、ぶっきらぼうに声をかけられ、驚いて振り向いた。

「どこで降ろせばいいんだね？」

「はあ……あの……チェルシーで」昨晩パーティーに出かけたときの服装のままで出勤などできない。こういうことにかけては天才的な勘が働くナイジェルのこと。たちどころに真実を見抜いてしまうだろう。

「チェルシーの、どこ？」いら立ったようにジョー・ファラルはたずね、通りの名前を告げたナターシャが細かい道順を説明しようとするのを無造作にさえぎった。「もういい。わかった」

車がアパートの前でとまったとき、ナターシャはうなだれたまま最後の努力を試みようとした。「あの……本当に……」

「もう一度でも〝すみません〟などと言ったら、そのきれいな顔を張り倒すぞ」

ナターシャは下唇を強くかみしめた。歯が唇に食い込み、口の中に血の味がしみてきた。ジョーは怒りに体を震わせながら身を乗り出して来た。「よくも人を利用してくれたな。僕は人に利用されて喜ぶような男ではない。誰に、どんな理由であれ、利用されるのはごめんだ。君は、シャンペンのせいだとか悲しかったからとかいう理屈をつけて自分の行為を正当化するつもりかもしれないが、一つだけ君に教えてやろう。いいかね、自分が本当にいやだと思うことをする人間など、この地球にはいないんだ」彼はさらに体を乗り出して助手席のドアを押し開けた。「じゃあ、これで別れよう」

ナターシャの足が地面につくかつかないかのうちにドアは大きな音を立てて閉まり、車はタイヤをきしませながら走り去った。

自分の部屋で地味なプリーツスカートと白いブラウスに着替えたナターシャは、怖いものを見るような思いで鏡をのぞき込んだ。きっと昨日までとは違った顔になってしまっているだろうという彼女の予想に反して、見たところなんの変化も現れてはいなかった。

ナターシャが上司の部屋のドアをおずおずと開けたとき、ナイジェルは顔に両手を当ててデスクの上に突っ伏していた。ナターシャが中に入ってドアを閉めた音に、彼の肩がぴくりと動いた。「静かに歩いてくれ」

「ご気分がお悪いんですか？　コーヒーか何か、お持ちします？」

「新しい頭を一つ持って来てくれ。ゆうべはひどい目に遭った」そう言ったあとでナイジェルは初めて頭を上げ、なじるように彼女を見つめた。「君の方はどうだったんだ？　逃げるなんて、ひどいじゃないか」

「コーヒーとアスピリンを持って参りますわ」

「この頭は外科手術が必要だ。薬なんかじゃ治らないよ」という声を無視してナターシャが背中を向けたとき、彼は急に口調を変えて言った。「ところで、彼、どうだった？」つかつかとドアに歩み寄るナターシャの背中に、意地悪な笑い声が浴びせられた。「思ったより元気そうじゃないか。ファラルのせいだろう？　君もうまいことをやったものだ。あいつはうなるほど金を持ってるからな」

ナターシャは無言で部屋を出て、力まかせにドアを閉めた。

ナイジェルのうめく声が聞こえた。「やめてくれ！　ちくしょう、頭が……」

3

数日後、ナターシャから一週間ほど休暇をもらいたいと切り出されたナイジェルは、たちまち不機嫌になった。「明日からとは、えらく突然な話じゃないか。もう少し早く言ってもらいたかったね」

「家族に問題が起きまして、実家に帰らなければいけないんです」ある意味では、真実だった。

あのパーティーのことでまだ気を悪くしていたナイジェルは容易にうんと言わなかった。

「仕事をほうり出して行く気なのかい?」

「留守中のことはセイラに頼んであります。ご不自由をおかけするようなことはないと思いますわ」

ナイジェルはまだ口をとがらせていたが、窓ガラスに映った自分の顔を見ると、いつもの自信たっぷりの顔に戻って肩をすくめた。「しかたがない。ただし、実家へ行くというのはうそじゃないんだろうね? タヒチかカプリ島あたりでジョー・ファラルとよろしくやってたなんてあとでわかったら、こっちはすぐにも新しい秘書を探すことにするぞ」

部屋を出ようとしていたナターシャは振り向いて手厳しく言い返した。「では実家の電話番号をお教えしますから、いつでも調べてみてください！」

「わかった。わかったから、そんなに怒るなよ」

怒るなと言われていっそう腹を立てながら、ナターシャは部屋を出た。ナイジェルは今後もことあるごとにジョー・ファラルの名前を持ち出してはからかい続けるだろう。虚栄と自意識過剰だけかと思っていたが、執念深く、意地悪で人の揚げ足取りも趣味と見える。会う人ごとに自分の秘書とジョー・ファラルの仲を宣伝して歩いているかもしれない。

翌朝、ナターシャは故郷へ向かう列車に乗っていた。あれから何日も考え続けたのに、婚約解消の話を両親にどう説明すればいいのか、まだなんの考えも浮かんではいなかった。思い切って打ち明ける場面を想像するたびに、母の驚き悲しむ顔が目の前にちらついて言葉が探せなくなるのだ。

家に着いて両親や姉夫婦の幸せそうな顔を見てしまうと、ナターシャはますます言い出しづらくなった。せめて母と二人きりの場所でなら少しは言いやすいのではないかと思い、彼女は辛ぼう強く機会を待った。夕方、姉夫婦と父が庭に出たあと、ナターシャは台所で食事の支度に忙しい母のそばに歩み寄った。

「あら、庭じゃなかったの？」母は振り向いて言った。「ちょうどよかった。紅茶カップを並べてちょうだいな。あ、ブルーのじゃなく、ボーンチャイナの方よ。父さんはすぐ壊すから二人きりのときには使わないんだけど、今日は久しぶりに家族が全員そろったんだものね」

ナターシャは食器棚の戸を開けてから唇を湿した。「あの、母さん……」

「あとでマイクが来るっていうこと？」ブレア夫人はティーポットにお湯を注ぎながら言った。「どうしていっしょに来なかったのよ。仕事で来られないのかしら。昨日も父さんと話してたのよ。近いうちにこちらからマイクのお母様に会いに行くか、でなければ来ていただくかしなくちゃってね。早くお目にかかっておいた方がいいもの。そうでしょう？」

「ねえ、母さん？」

「おや、まだカップを出してくれてないの？　相変わらずのんびり屋さんね。少しはリンダを見習ってよ。姉さんは何をやるにも手早いのに、あなたはまるで逆。そんな調子じゃ、母さん、安心してお嫁にやれないじゃないの。いつまでもリンダや母さんをあてにはできないのよ」ブレア夫人は薄く切ったパンに手ぎわよくバターを塗り始めた。紅茶カップを受け皿に並べ終わったナターシャは、青く澄んだ瞳を見開いて母を見つめた。

「母さん、私、マイクとは結婚しないの」

「あら、そう？　悪いけど、その胡瓜《きゅうり》をスライスしてちょうだいな。厚くちゃだめよ。薄く……」母は突然バターナイフを下に置き、あんぐりと口を開けたまま振り向いた。「ナターシャ、あなた今、なんて言ったの?」

悲しそうに見つめるナターシャの唇は小さく震えていた。

「マイクとは結婚しないとかって言ったわよね?」ブレア夫人の顔にゆっくりと赤みが差した。「何を言い出すの? 結婚しないですって? 冗談じゃないわよ。こっちではもう教会も、披露宴の会場もすっかり予約して……」母はナターシャの顔を見つめたまま大きく息を吸い込んだ。「今になって気まぐれを言うなんて、ひどすぎるわ。もう、すっかり手配してしまったのよ」

「気まぐれじゃないわ。結婚は中止したの」

「中止ですって?」

「ええ。……永久に」

ブレア夫人は椅子を引き寄せ、どすんと腰をおろした。「父さんのことも考えてよ。先週の水曜日、父さんはモーニングの寸法合わせに丸一日仕事を棒に振ったのよ。きっと、かんかんに怒るわ」

「ごめんなさい、母さん」ナターシャは立ったまま目の前の椅子の背を強く握りしめていた。そんな娘を見つめて、ブレア夫人は長い長いため息をついた。

「いったい何があったの? マイクとけんかでも? けんかぐらい、誰でもするわよ。母さんなんか、父さんとけんかするたびに一ポンドずつ貯金しておけばよかったと思ってるわ。そうしたら、今ごろは億万長者よ。けんかしながらも仲良くやっていく……それが夫婦というものなの。わかった?」

「違うの! だめなのよ。もう、本当にだめなの」大粒の涙が一つ、ナターシャの頬に落ちた。と、あとはせきを切ったように涙があふれ始めた。

「ナターシャ!」ブレア夫人は顔色を変えて駆け寄り、娘を抱きしめた。「何があったの? 話してごらん。話してちょうだい、何もかも」

ナターシャがしゃくり上げながら一部始終を打ち明ける間中、夫人は小さな子どもをあやすように娘の背中をさすっていた。

「思い過ごしじゃないことは確かなのね?」

涙にぬれた顔を上げ、ナターシャは絶望的に母親を見つめた。「思い過ごしだったら、どんなに救われるかしれないわ。マイクの前では、お母様はそぶりにもお出しにならないの。でも、私には……。私は邪魔者なのよ。大切な息子を強奪しようとしている大悪人なのよ、私は」

「おやおや、とんでもない罪を着せられたものね」大げさにため息をついた母親の顔を見たとたん、ナターシャはむやみに笑いたくなった。控えめでおとなしい娘にも似合わないけたたましい笑い声に、ブレア夫人は心配そうに眉を寄せた。「落ち着くのよ」

「落ち着いてるわよ！」涙をとめどなく流しながらナターシャは笑い続けた。平静になろうと努力すればするほど泣き笑いはかん高くなり、ついには絶叫に近くなった。そのとき、ブレア夫人の平手打ちがナターシャの頬に飛んだ。

重苦しい沈黙が戻ったとき、夫人は静かに言った。「痛かったでしょうね、ごめんなさい。さあ、部屋に行って横になるといいわ。こんなときは紅茶とアスピリンがいちばんの薬よ。父さんやリンダたちには、母さんが話します。あんたは何も心配せずに、ゆっくり休むこと。いいわね？」

母に付き添われてナターシャは部屋に行き、ベッドにもぐり込んだ。「母さん、いろいろ準備してもらったのに、本当にごめんなさい。それに、父さんのモーニングのことも」

「いいのよ。さあ、紅茶とお薬を飲んだら、ぐっすりおやすみ。ゆうべはほとんど眠ってないんでしょう」

昨夜はもちろん、あの夜以来一日たりとも安眠できた日はなかった。母に打ち明けてしまってほっとすると同時に、全身がばらばらになるような疲労感がナターシャを襲っていた。言われたとおりに紅茶と薬を飲み終えて目を閉じると間もなく、ナターシャは深い眠りに落ちた。

夜が白々と明けかかったころ、ナターシャは目を覚ました。階下で小さな物音がしている。しのび足で階段を降りて行くと、台所に足音が聞こえ、やかんのお湯が煮立つ音もした。そっとドアを開けてみると、中にいたのは父だった。たった今起きたばかりらしく、パジャマの上にガウンをはおったままの格好だ。娘を見てブレア氏はほほ笑んだ。

「お入り、ナターシャ。怖がることはないんだよ。父さんは怒ってやしない。誰が怒るものか」

「ごめんなさい、父さん。父さんにも母さんにも、大変な迷惑をかけてしまって、私……」

「お前が気に病むことはない。娘が結婚してしまってからとんでもない苦労を背負い込むより、むしろ良かったと私は思っているんだよ」

「そう言ってもらうと助かるわ」弱々しくナターシャは言った。「私も精いっぱい努力しようとはしたんだけど、マイクが、どうしてもお母様と同居するんだと言い出したとき……」

「わかるよ」父は励ますように言った。「しかし、マイクは母親のことをどう考えているんだね？」

「お母様は私のことを好きなのに、私がお母様を嫌ってるって、決めつけているの」

「一つだけ念を押したいんだが、ナターシャ、マイクが誤解していることは間違いないんだね？　つまり、お前の言い分を信じてもいいんだな？」

「ええ。私は本当にお母様を好きになろうとしたし、好きになってもらおうと努力したわ。

でも、だめだったわ。それに、私だけじゃないわ。お母様はオーストラリアのお義姉《ねえ》様についても、口を開けば……。ケネスお義兄《にい》様は、それをご存知だから、オーストラリアを離れようとはなさらないんだと思うわ」

「知らぬはマイクばかり、か。考えてみれば、哀れな気もするよ」

「ええ……。このままだと、お母様は一生マイクを縛りつけてお放しにはならないでしょうね」

「うちのリンダなら、そんな母親の二人や三人、びくともしないで我を通すんだろうが……」

「そう、姉さんならね」ナターシャは深いため息をついた。「でも、私はだめ。だめなのよ」

姉のような強い女だったら、どんなにいいだろうとナターシャは思った。もっと決断力があり、もっと攻撃的で、もっと勇気があったら……。そんな願望が、あの晩の自分をとんでもない行動に走らせたのかもしれない。とはいえ、なんと愚かな過ちを犯してしまったのだろう。勇気があれば、マイクのアパートに押しかけ、思ったとおりのことを言い、ナターシャと母親のどちらを選ぶか迫るべきだった。

だが、たとえその場で一時的な勝利を収めたとしても、借り物の勇気が長続きするはずはない。マイクを奪い合って、ポーター夫人との泥沼のような闘いにのめり込んでしまうだけだ。

父の愛情のこもった手がナターシャの頬をなでた。「そうとも。お前のような優しい子にそんな苦労はさせたくない。破談は、むしろ喜ぶべきことだよ」

ナターシャをなるべくそっとしておいてやろうという両親の考えに、リンダは不承知だった。

「黙って引き下がるなんて、とんでもない話だわ！　闘いなさいよ。あなたには、意地っていうものがないの？」リンダは憤然と言った。

「だって、姉さん……」

「何がだっ、て、よ！　マイクを愛してるなら闘うべきだわ。そんな利己主義のおばあちゃん……」

「よしなさい、リンダ」ブレア氏はたしなめたが、それで引っ込むリンダではなかった。

「本当のことを言ってどこが悪いの？　マイクもマイクだわ。いい年をして、それぐらいのこともわからないのかしら？」

「でも、お母様は大変な苦労をしてマイクを……」

「だからって、息子の人生を台なしにしてもいいって理由がどこにあるの？」

「姉さん、私はもう決めてしまったの。マイクのことは忘れようと思うの」

「それがいいわ」母が言った。「危ういところで思いとどまって、本当によかったわよね」

なおも言い募《つの》ろうとしたリンダの機先を制して、ブレア夫人は鋭い声を出した。「もう何も聞きたくないわ、リンダ。この話は、これでおしまい」

こういうときの母には逆らわない方がいいことは家族みんなが知っていた。さすがのリンダも口をつぐみ、それきり、この話題は二度と持ち出されなかった。

一週間はあまりにも早く過ぎ去り、ナターシャは暗い気持ちで我が家をあとにした。駅へはジャックが車で送ってくれた。

「顔色が悪いよ。大丈夫かい？」プラットホームで列車を待ちながら、ジャックは言った。

「ええ、大丈夫よ」本当は大丈夫どころではなかったが、少なくとも今はロンドンに帰る以外に道はなかった。

「体に気をつけるんだよ」と心配そうに言う義兄の髪にちらほらと白いものが目立ち始めているのに気づいて、ナターシャは軽いショックを覚えた。この人への愛に胸を痛めたのは、いつのことだったのだろうか。もう二度と人を愛することはできないのではないかとまで思いつめていた日々が、今ではうそのようだ。心は絶えずうつろい、ときの流れの中にうずもれていく。悩みに悩んだすえに学び取ったこの教訓なのに、それを肝心のときに思い出さなかった自分をナターシャはのろった。じっと耐えて時間が傷を癒《いや》してくれるのを待つ代わりに、見ず知らずの男に身を任せてしまったことが、たまらなく情けなかった。

列車が動き始めた。ホームから手を振ってくれるジャックに笑顔でこたえながら、ナターシャは故郷をあとにした。姉夫婦への罪悪感に責め立てられずにすむことだけが、せめてもの心の救いだった。

アパートに帰ると、ドアのすき間から押し込まれたらしい一通の封筒が玄関の中に落ちていた。上書きにマイクの筆跡を認めたナターシャは、見ずに破り捨てようとしたのをすんでのところで思い直して封を切った。大急ぎで書かれたような乱雑な文字。

何度も電話をし、方々を探し回ったが会えなかった。ぜひ会いたい。仕事で二週間ほどマンチェスターに出張するが、帰ったら連絡する。どうしても会いたい。会って話がしたい——これが内容だった。

ナターシャは手紙を細かく引き裂き、くず箱に投げ捨てた。話すことは、もう何もない。

一週間ほどたったある夜、アパートでテレビを見ている最中にナターシャは小さくあっと叫んだ。ある番組の始まる時間が知りたくてテレビ番組欄を広げた拍子に、ふと新聞の日付けが目に留まったときのことだ。あっと叫んだまま数秒間、ふぬけしたように宙を見つめたあとで彼女は椅子から跳び上がり、引き出しから日記代わりのメモ帳を取り出した。震える指先がようやく目的のページを探し当てたとき、ナターシャの顔からすっと血の色が消えた。

計算間違いということもある。ナターシャは声を出して日数の計算をし直した。結果は……。「うそよ。そんなはずはないわ!」祈るような気持ちで、もう一度。だが、間違いではなかった。来るべきものが、もう四日も遅れている。

精神的動揺が体調を狂わせているだけのこと――そうに決まっているとナターシャは自分に言い聞かせた。まだ十代のころ、たびたび周期が乱れるので病院へ行くと、医師は思春期にありがちな情緒不安定のせいだと教えてくれた。医師の言葉どおり、思春期を通り過ぎると周期は安定したが、今回の事件のショックで、再び体のリズムが狂ってしまったに違いない。来週の今ごろは、空騒ぎした自分を笑っていることだろう。

そして一週間が過ぎた。眠れず、食事ものどに通らず、仕事など全く手につかない毎日だった。ナターシャは笑い方さえ忘れてしまっていた。

「せっかくの楽しい夢のお邪魔をして実に恐縮だが、さっき頼んだ書類はいつになったら持って来てもらえるんだね？」ナイジェルにいや味を言われ、ナターシャは金切り声で叫びたい衝動と闘いながら書類作りに戻った。

打ち明けて相談できるような相手は一人もいなかった。職場に友人は大勢いるが、親友と呼べるような信頼できる相手は誰一人いない。ナターシャはたった一人で耐えた。待ち続けた。そして、ついに病院の門をくぐり、最も恐れていた事実を告げられた。ナターシャは妊娠していた。

その晩、彼女はわなにかかった小動物の心境を身にしみて思い知りながらアパートに閉じこもっていた。この先、どうすればいいのだろう？〝中絶〟という言葉がちらりと浮かんだが、ほとんど同時にナターシャはそれを頭から追い払った。彼女の倫理観念からすれば、ほかの生命を奪うよりは自分の命を断つ方がまだましだった。まして、この場合は自分の子どもだ。進んで産みたいわけではない。産みたくはなかった。だが、現に自分の体内に芽生え、日々着実に育ちつつある小さな命を摘み取ってしまうことだけは絶対にできない。

産まなければならない。それしかないのだから。ナターシャは真っ青な顔を震える両手の中にうずめた。どんなに隠しても、隠しおおせるものではない。いずれはみんなにわかってしまう。父や母はどんなに驚き、怒り、嘆き悲しむだろう。たとえこれがマイクの子であっても、潔癖な父や母は当惑し、眉をひそめるに違いない。それでも多分、許してはくれるだろう。愛し合い、結婚を約束した仲なのだから。しかし、娘がたった一度会っただけの、名前のほかは何も知らない男の子どもを産もうとしていることを知ったら両親は……。その先は考えたくもなかった。

職場でも、たちまちうわさは広がるに違いない。〝恋とくしゃみは隠せない〟ということわざもある。まして、大きくなっていくお腹を隠しおおせるものではない。驚き、非難、嘲笑《ちょうしょう》、冷やかし。それらに、どうやって耐えていけばいいのだろう。

その夜、ナターシャは小さな椅子に腰かけたまままんじりともせずに一晩を過ごした。いくら考え続けてもなんの光明も見えてはこなかった。それどころか、考えれば考えるほど、責められるべきは誰でもない、自分自身だということがはっきりするだけだった。弁解の余地はない。自分さえしっかりしていれば、絶対にこんなことにはならずにすんだのだ。

やがて、朝の光がナターシャの青白い顔を照らした。日曜日。いつもより遅く、牛乳配達がやって来た。牛乳びんの音が表の通りにこだまし、やがて遠ざかって行った。どこかの家のラジオから、ボリュームいっぱいのポップスが流れてくる。母親が大声で子どもをしかりつける声。ナターシャは耳を両手で覆った。テームズ川まで走って行って一思いに身投げでもすれば、すべては解決するのかもしれない。だが、そうするだけの体力も気力も、ナターシャには残っていなかった。

突然、ドアにノックがあった。ナターシャは体をすくめ、息を殺して訪問者が立ち去るのを待ったが、ノックは激しくなる一方だった。彼女は重い足を引きずって玄関に行き、ドアを開けたまま呆然《ぼうぜん》と訪問者の顔を見つめた。マイクだった。

マイクもひどい顔色をしていた。目の下には隈《くま》ができている。「やっと会えた」思いつめたような声で彼は言った。

ナターシャはドアのすき間に立ちふさがり、力なく「帰ってちょうだい」と言った。

「話があるんだ」

「私にはお話しすることなんか何もないわ」たとえマイクが母親ではなく恋人の方を選ぶ

ことにしたと言いに来たのだとしても、その愛にこたえることはできない。彼の愛を受け入れる資格をなくしたのだ。

「お願いだよ、ダーリン」訴えるような彼の笑顔を見たとたん、ナターシャの目に涙があふれた。

マイクはドアを押し開けて中に入り、激しく泣きじゃくるナターシャを抱きしめて黒い髪をそっとさすり続けた。

「泣かないでおくれ、ナターシャ。僕が悪かった。さあ、もう泣くのはおよし」

ナターシャは涙を飲み下し、顔を上げてマイクを押しやった。「もうだめなの。お願い、帰って」

「話し合おうよ。愛しているんだ。もっと時間をかけて、みんなが幸福になれる方法を探せばいい。君は僕の母をよく知らないから、こんなことになっただけさ。お願いだから……」

「マイク、私、妊娠しているの」自分の両手を痛いほど握りしめながら、ナターシャは言った。

長い沈黙が流れたあと、マイクのしわがれた低い声がした。「今、なんて言ったんだい？」彼の顔は土気色に変わっていた。

「婚約は解消だって言われたあの日の夜、私はパーティーに行ってお酒を飲み、ある人とベッドを共にして、そして妊娠してしまったの」血の通わない機械から出てくるような声で、ナターシャは淡々と語った。家族に告げるときのために、一晩中かかって考え、繰り返し練習したとおりの台詞《せりふ》だ。どんなに言葉を飾っても事態を変えることはできず、弁解の余地も全くない以上、残された最良の道は事実だけをありのままに話すことだ。

マイクの顔色が、ゆっくりとどす黒い赤に変わっていった。「相手は誰だ。誰なんだ!」

「それは言えないわ」ナターシャはジョー・ファラルをこの件に巻き込みたくなかった。彼に責任はない。進んでベッドを共にするのであれば、当然、女性の側で予防措置を講じているとと彼は思い込んでいたことだろう。

マイクはナターシャに跳びかかり、肩をわしづかみにして乱暴に揺さぶった。「誰だ、いったい誰なんだ。さあ、言えよ、言ってくれ!」

「言えないわ。言うつもりもないの」歯の根も合わないほどに体を揺さぶられ、ナターシャは激しい目まいを感じていた。

「なぜだ、なぜそんなことをした!」

「自分でもわからないわ。お願い、そんなふうに見つめないで」身震いしながらナターシャは言った。

マイクは不意に手の動きをとめた。「ヘリスだ。相手はヘリスだ。そうだな? あいつは前々から君に言い寄ろうとしていた。ヘリスなんだな?」

「違うわ。彼じゃないわ」うろたえながら言うナターシャの声に、マイクは耳を貸さなかった。

「ただではおかないぞ、ヘリスのやつ。あいつのご自慢の顔をめちゃめちゃにしてやる。一生、表を歩けないような顔に……」

「マイク、やめて。ナイジェルに言わないで。お願いだから彼には言わないで」

しかし、マイクは取りすがるナターシャを振り払い、たたきつけるようにドアを閉めて出て行ってしまった。ナイジェルに知られてしまったら、何もかもおしまいだ。これで会社も辞めなくてはいけなくなった。マイクにどなり込まれて、ナイジェルは驚き、次には大喜びすることだろう。大喜びで、彼はうわさをばらまき、会社中の人間がそれを聞く。どんな顔して会社に出ればいいのだろう。

もう、職場の人々に合わせる顔がないから、会社は辞めるしかない。家族に合わせる顔もないから、故郷へ帰ることもできない。このアパートからも追い出される。新しい住み家を探し、新しい職を探し、一人で――誰の力も借りず、一人きりで子どもを産み、育てる。そんなことが、できるだろうか？　そうする以外にはないのだが、できるだろうか？

体をすくめてうずくまったナターシャの頭の中にあの夜のことが走馬灯のように浮かんだ。パーティー。シャンペン。爽快《そうかい》な解放感。無数の幸福のあぶくに包まれて空を漂っていた一夜。朝の光と共にあぶくは消え、支えを失った体は地面にたたきつけられた。

もう一度あの晩の自由な、自信に満ちた、強い自分に戻れたら、どんなにすばらしいだろう。シャンペンの力を借りて？　それは無理だ。ひたひたと押し寄せる絶望のこの灰色の霧は、どんなに強い酒におぼれても吹き払えるものではない。

一人で子どもを産み、育てるには強固な意志の力が必要だ。ナターシャは自分の神経がそんな緊張に耐え続けることができるかどうか、自信がなかった。生まれてこのかた、こんな大きな賭《かけ》に直面したことはない。だが、ジョー・ファラルに会ったあの夜に運命の賽《さい》は投げられてしまった。自分で招いたとほうもない賭に対してなすすべも知らないまま、ナターシャはじっと座っていた。

4

空《むな》しく時間が流れていくのにたまりかねたナターシャはようやく立ち上がり、ブルーのブラウスとジーンズに着替えて外に出た。よく晴れているが風が強く、テームズ川には白いさざ波が立っている。くいにつながれた小舟は波に揺られて上下に動き、川岸の木々も枝をきしませながら揺れている。その音は、あの夜、ジョー・ファラルが山荘のドアを開けたときの音を連想させた。これからも、あの音はずっと耳につきまとって離れないだろう。

アパートに戻ったとき、ナターシャの髪は風ですっかり乱れていたが、顔には赤みが戻り、気持ちにいくらか余裕が生まれていた。とは言っても、散歩中に名案が浮かんだというわけではない。事態は少しも変わっていない。気分転換ができた、というだけのことだ。

階段を上って行くと、隣室のアイルランド人の看護師が自分の部屋の鍵《かぎ》を開けているところだった。「あら、こんにちは。元気？　今日は良いお天気ねえ。おまけに、喜んでよ。私、今日は非番なの」

ナターシャは愛想良くほほ笑んだ。「最近、忙しかったの？」

うよ」

「忙しいなんてものじゃないわ！　毎日毎日こき使われて、自分の名前も忘れてしまいそうよ」

「じゃあ今日はゆっくり休むことね。散歩でもして来れば？」

「冗談じゃないわよ。歩くのは病院の中だけでたくさん！」看護師は大げさに顔をしかめた。「今日はテレビでも見ながら、足をゆっくり休めなきゃ」

誰かが階段を上がって来る足音がした。何気なく振り向いたナターシャは不意に心臓の調子がおかしくなったように感じた。階段にいるのは、あのジョー・ファラルだった。安アパートには不釣り合いなほどハンサムな男の姿に、アイルランド娘が驚いて息を吸い込む音が聞こえた。

ナターシャはあわてて鍵を開けて部屋に入ったが、ジョー・ファラルはあいさつもせずに中に踏み込んで来た。隣人の手前、ナターシャは彼を押し戻すこともできず、無言で道を開けてドアを閉めた。

「たった今、僕の家に来客があった」というのが、ジョー・ファラルの第一声だった。

「来……客……？」ぼんやりと繰り返しながら、ナターシャは相手の暗く険しい顔を見つめた。

「しらを切ってもだめだ」

「あの……なんのことでしょうか。なんのご用ですか？　私の方では、申し上げることなど、別に」

「それはそうだろう。思惑どおりになって、さぞご満足だろうな？」

「何が、でしょうか」

「その、さも純心そうな青い瞳で、今まで何人の男を引っかけたんだ？　だが、今度の相手は少々手強《てごわ》いことが君にもわかるだろう」

ナターシャは眉を寄せて首をかしげた。芝居を二幕目から見始めたのでストーリーがわからなくて困っている観客のような気分だった。「申し訳ありませんが、ファラルさん、なんのご用でお越しいただいたのか、はっきりお教えいただけませんか？」

「わからないと言うんだね？」

「わかりません」

ジョー・ファラルは笑った。少なくとも、笑ったつもりらしい。実際にナターシャが聞いたのは、毒を含んだ不愉快そうな声だった。彼の冷たい灰色の目に全身をなで回され、ナターシャは胸が悪くなった。あの朝も彼は怒り狂っていたが、今日の怒りには何か別のものが含まれている。嫌悪、脅し、残酷さの混じり合った、別の何かが。

ジョー・ファラルはぞんざいに肩をすくめ、両手をポケットに押し込んだ。「わかった。君がそのつもりなら、それでもいい。しゃべれと言うからしゃべってやるが、君はどうせ、なんのことだかわからないと言いとおすつもりだ。そうなんだろう？」

ナターシャは、だんだん腹が立ってきた。「そうお思いなら、それで結構ですわ」

「なんだと?」ジョー・ファラルは怒りに顔をゆがめて身を乗り出して来た。

ナターシャの顔は再び青白くなり、目の回りには暗い影が浮き出た。それでも、きっぱりと相手を見上げて、彼女は言った。「とにかく、おっしゃりたいことがおありなら、さっさとおっしゃってお帰りになってくださいファラルさん」こんな状態があと一分も続いたら、気を失って倒れてしまうかもしれないとナターシャは思った。この男の顔を見ているだけで、あのおぞましい思い出がよみがえり、胃のあたりがきりきりしめつけられる。声の方は記憶とかなり違っている。あの夜は温かみのこもった陽気な声だった。しかし、本質的には同じ声。一生、悪夢のようについて回るだろうあの一夜を思い出させる声だ。

「さっきも言ったが、来客があった」彼はナターシャを刺すような目で見つめながら言った。「ポーターと名乗っていたよ」

ナターシャは、はっと息を吸い込んだ。マイクがなぜ、誰に聞いて? ナイジェルだわ、と彼女は思った。ナイジェルがしゃべったに違いない。そこまで考えもしなかった自分のうかつさに、ナターシャはあきれた。ナイジェルの反応についてさんざん思い悩んだくせに、彼がジョー・ファラルの名前をマイクにしゃべることだけは、考えてもいなかった。

ジョー・ファラルはおもしろくもなさそうな薄笑いを浮かべた。「どうやら、やっと話が通じた」

ナターシャは頭にかっと血が上るのを感じた。妊娠のことを、この男に知られてしまったと思うと、もう顔を上げることができなくなった。うなだれたまま、彼女はくるりと背を向けて部屋の奥に逃げ込んだが、ジョー・ファラルはなおも追って来た。

「今日早く、僕はアメリカから帰り、長旅の疲れでくたくたになって眠っていた。ドアのチャイムの音も聞こえなかった。誰かが玄関のドアを蹴《け》破ろうとしている音に気づいて、初めて目を覚ましたんだ」

マイク、どうしてそんなことを？　この人のところへどなり込んだって、しかたがないのに……。

「ようやくガウンをはおって二階から降り、玄関を開けたとたんに猛牛のような勢いで男が一人、突進して来た。まだ寝ぼけていたせいもあるが、気がついてみたら、僕は殴り倒されて床にのびていたよ」

ナターシャは、そこにあった椅子にどすんと腰を落とし、恥ずかしさで火の出るような顔を両手で隠した。

「見ず知らずの男から、いきなり……とてもご婦人の前では言えないような言葉でののしられたものだから、こっちはてっきり、精神異常者にやられたのかと思ったね」

「申し訳ありません」ナターシャはささやいた。

「申し訳ない、か！」

「私がしゃべったんじゃないんです」彼女はようやく顔を上げ、涙にぬれた青い目で相手を見つめた。

「よくもぬけぬけと……」

「本当です！」

「彼が超能力で探り当てたとでも言う気かね？」

「ナイジェルなんです、しゃべったのは」

「ナイジェル？」ジョーはいぶかしげに眉を寄せた。「パーティーに君と来た、あのスピード狂だな？」

うなだれたまま、ナターシャはうなずいた。ジョー・ファラルが部屋中を歩き回って、再び彼女の前に戻って来る気配がした。当惑といら立ち、疑惑の念が足音に表れていた。だが、再び聞こえてきた彼の声には、意を決したような怒りが感じられた。

「誰から話を聞いたにせよ、君に入れ知恵をされなかったら、あの男が僕を脅迫しに来るはずが……」

「脅迫ですって？」ナターシャは急いで顔を上げた。

「そうだ。いやな言葉だろう？」

「あなたを脅迫したって、どういうことですの？」

「まだしらを切り続けるつもりかね？　芝居はやめて、さっさと話をつけてしまおうではないか。ポーターを僕のところに送り込んだのは、君だろう？」

「違います」

「いや、違わない。男が一人でこんな悪事を仕組めるものか。君が指図したんだ。君ほどの名女優に会ったのは初めてだよ。演技もうまいが、頭も良い。僕も、よもや自分がこんなわなにはめられようとは思ってもみなかった。だが、生きていれば、いろんな経験をしなくてはならない。僕も、観念したよ。だが、取り引きをするからには正確を期したい。血液検査の結果を見ないうちは一シリングだって払わないから、そう思ってくれたまえ」

「血液検査……」

「子どもが僕の子だという証拠がほしいんだよ。もっとも、僕の子であることは間違いないだろう。頭の良い君のことだ、他人の子を押しつけるような危険を冒すとは思えない。金は払う。だが、確実な証拠がほしい」

ようやく事態がのみ込めると同時に、ナターシャは頭を太い棒で殴りつけられたような衝撃を感じた。「私は……」ナターシャはおろおろと立ち上がった。

「君が何を考えていようと、こっちには全く関係ない。今後はすべてこっちが決めるとおりにしてもらう。子どもの面倒は、いっさい僕が引き受けることになるんだからな。子どもが生まれたら、君はさっさとその子を引き渡し、あとは二度と近づかないでくれ。僕にも、子どもにも、だ」

「聞いてください！」ナターシャはたまりかねて口をはさんだ。話はわかったが、どうしても信じられない。マイクが金銭を請求？　この人を脅迫して？　マイクがそんなことをするはずがない。この話、どこかで何かが食い違っているとしか思えない。

だが、ジョーはナターシャの懇願を受け付けなかった。「君の言い分は、ポーターの話で十分すぎるほどわかっているよ。率直なだけ、君よりポーターの方がましだ。あの男は金が目当てだということを隠したりはしなかった。僕もはっきり言おう。金は払う。一夜の楽しみが、とんだ高い買い物になってしまったが、血を分けた子どもが君のような二枚舌の性悪女に育てられるなど、考えただけでもぞっとする。金で片がつくなら、結構なことだ」思わずよろめいてあとずさりしたナターシャに、彼は不潔なものでも見るような目を向けた。「ただし、金を払うのは一度きりだ。弁護士に依頼して、正式な契約書を作成させる。金を渡す前に、君はそれにサインするんだ。そのあとで僕なり子どもなりに少しでも近づこうとしたら、君には少々不愉快な思いをしてもらうことになる。これだけは今からはっきり言っておくよ」ジョー・ファラルは口をつぐみ、悪意のこもった視線でナターシャを見つめてから急にきびすを返してドアの方に歩いて行った。

その後ろ姿を凍りついたように立ちつくして見つめていたナターシャは、ドアが乱暴に閉まる音で初めて我に返った。もつれる足で外に跳び出してみると、ジョー・ファラルはまっすぐに前を見つめたまま階段を二段ずつ駆け降りて行くところだった。

ナターシャもあとを追った。建物の外に出たとき、彼女は思わず立ちすくんだ。車から降りて来たマイクがジョー・ファラルの目の前に立ちふさがったのだ。二人の男は敵意をむき出しにしてにらみ合った。今にもつかみ合いのけんかでも始まりそうな険悪な空気に、ナターシャはよろよろと前に進み出ながら哀願の言葉をつぶやいたが、何を言っているのかは自分でもよくわからなかった。その声を聞きつけてジョー・ファラルは肩越しにちらりと振り返り、憎憎しげな視線を投げつけると急に向きを変えて自分の車に跳び乗った。車はブレーキの音をきしませながら通りの向こうに去って行った。

「あいつ、やっぱり来たのか！　何をしに来た？　金で片をつけようとでも？」休日の静かな通りに、マイクの大声が響き渡った。町中の人々が耳をそば立てて聞いているように、ナターシャには思えた。

「中で話しましょう」小声で彼女は言い、先に立って階段を上った。部屋の前まで来ると、隣室のドアが細めに開いている。これだけ騒々しく人が出入りすれば、アイルランド娘の好奇心がかき立てられるのも無理はなかった。

部屋に入ってドアを閉めたナターシャは、泣きたい気持ちでマイクを見つめた。「なぜ会いに行ったりしたの？」

「なぜ、だって？　恋人を寝取った男を痛い目に遭わせるためだ！」

「あなたにはそんな権利、ないはずよ」

「権利……権利がないだって？　僕と君は結婚式寸前だったんだぞ！」

「婚約は、あなたが解消してしまったわ」

「ナターシャ……」マイクは深いうめき声を上げ、背を向けて壁に額を押し当てた。懸命に涙をこらえている子どものような姿だった。ナターシャは歩み寄り、肩にそっと手を当てた。

「マイク……ごめんなさい」

「今の僕の気持ち、君になんかわかってたまるものか。よくもあんな男と……」顔を背けたままマイクは言った。「君はキス以外、何もさせてくれなかった。結婚式がすむまではきれいな関係でいたいんだろうと思って、僕は我慢してたんだよ。なのに君は見ず知らずの男に、さっさと体を任せてしまった。よくもそんなことができたね！」

「わざとじゃないのよ。私がお酒さえ飲みすぎなかったら、絶対あんなことにはならなかったわ」

マイクは大きく身震いした。「みんな、あいつのせいだ。話はヘリスからすっかり聞いた。ファラルは札つきのプレイボーイだ。気に入った女の子を見かけるやいなや、すぐに二人でどこかに姿を消すそうだ。あいつは、そういう男だ」

それを聞いてもナターシャは驚かなかった。代わりに、胸がむかついた。

「僕は、てっきりヘリスだと思っていた。だから、徹底的に痛めつけてやったんだ。そうしたら、自分じゃない、ファラルだと言って家を教えてくれた」

こんな話、聞かずにいたかったとナターシャは思った。マイクに糾弾されて仰天し、事情を知っておもしろがったに違いないナイジェル・ヘリス。もうだめだ。二度と彼の前には出られない。

「ヘリスはファラルのことを、金がうなるほどあり、女たちを絶えず身の回りにはべらせている現代のカウボーイだと言ったが、実際にあいつの家へ行ってみて、そのとおりだとわかったよ。家はどこかの宮殿みたいだった。そしてファラルと話している最中に、階段の上にセクシーな赤毛の女が出て来た。すけすけのネグリジェの下には何も着けていないくせに、僕に見られても平気な顔であいつの寝室に戻って行った」マイクはようやく振り向いた。その顔はすっかりやつれていた。「僕への復讐《ふくしゅう》の道具として、君はうってつけの男を選んだものだ」

「違うわ、私は……」

「いや、そうに決まってる。僕が親孝行したいと言ったものだから、君は恨んで復讐したんだよ」

「違うってば！　あれは、飲みなれないお酒を飲んだために起こった事故なのよ。わかってちょうだい、マイク」必死の訴えをマイクが鼻で笑ったのを見たとたん、ナターシャは怒りに我を忘れた。「わかってもらえなくても結構よ。どうせ私たちは赤の他人。結婚の話はなかったことにしようって、あなたが言ったんですものね。ただ、これだけは言っておくわ。この先あなたがどんな人を選んでも、お母様に気に入ってはいただけないわよ。あなたのお義姉《ねえ》様が、いい証拠。お母様は、ご自分と息子たちの間に、ほかの女が割り込むことを許せないんだわ」

「うそだ、でたらめだ！」マイクは叫んだ。

「うそだと思うなら、お義兄《にい》様にたずねてみれば？」

「君はケネスに会ったこともないくせに！」マイクの悲痛な顔を見ると、ナターシャまで悲しくなった。

「でも、私にはわかっているの。お母様は決心しておいでなのよ——あなただけは手放さないって。とにかく、もうやめましょう。今さら何を言っても手遅れ。私は取り返しのつかないことをしたのよ」

マイクは弱々しいため息をついた。「だから、なぜなんだ、ナターシャ、なぜそんなことを？」

「何度も言ったわ。それに私、悲しくて、惨めで、少し気が変になっていたんでしょうね」

「それにしても、よりによってあんな男と……。殴り倒してやったが、まだ足りない。いっそ、首の骨をへし折ってやればよかった！」

ためらいがちにナターシャは切り出した。「あなたにお金を要求されたって言ってたわ、あの人」あっけに取られたように目を丸くしたマイクに向かって、彼女はさらに言った。「あなたが恐喝《きょうかつ》しに来たって彼は言うの」

マイクは顔を真っ赤にして叫んだ。「でたらめだ、大うそだ！　恐喝だって？　冗談じゃ……」マイクは急に口をつぐみ、額にしわを寄せてから、考え込むようにゆっくりしゃべり始めた。「ただですむと思ったら大間違いだぞ、とは言ってやった。だが、それは金のことじゃない。金のことなんか、僕は考えてもいなかった」

「やっぱり……」救われる思いで彼女はつぶやいた。

「まさか、あの男はその話でここに……」

「そうなの。私とあなたが共謀して恐喝をたくらんだと思っているらしいわ」

「殺してやる。体中の骨を一本残らずへし折ってやる！」歯ぎしりしながらマイクは言った。

「やめて、マイク。彼には近づかないで。お願い。そして、今後は私にも近づかないでほしいの」

「ナターシャ！」マイクは驚いたように一歩踏み出したが、彼女は片手を上げて制しながらあとずさりした。

「マイク、私は本気よ」彼女はきっぱりと言った。「私たち、もうだめ。何もかも終わったのよ」

マイクは立ちどまり、苦しそうに顔をゆがめた。二つの気持ちの板ばさみになっている彼の胸の中が、ナターシャには手に取るようにわかった。一度は結婚を誓い合った仲。忘れようとしても、そう簡単に忘れられるものではない。それはナターシャも同じだ。しかし、深い谷底をはさんだ崖《がけ》の両側に立ってしまった二人は、そのまま別々の人生を送るしかない。二人の間には、もう橋をかけることができないのだ。そのことは、マイク自身もわかっている。

「この先、どうやって生きていくつもりだい?」

「わからないけど、なんとか生きていくでしょう」

「もし僕で力になれるようなことがあったら……」

「お気持ちはうれしいけど……」

ナターシャは笑顔で首を左右に振った。

「そうか……。君の面倒を見るのは、ファラルの仕事だよな」

「いいえ。あの人の世話にもならないわ。私は一人で……一人だけでやっていくつもりよ」

「むちゃだ!　軽はずみに物事を決めてしまってはいけないよ、ナターシャ。よく考えるんだ」

「さんざん考えたあげく、そう決めたの」

「大変なことだよ」

「ええ。でも、やってみるわ」

「郷里に帰るのかい?」

いいえ、と答えようとして、ナターシャは思いとどまった。「多分、帰るでしょうね」

予想どおり、マイクは少しほっとしたような顔になった。「それがいちばんだよ。家族の人が力になってくれるだろう。一人で子どもを産んで育てるなんて、なまやさしいことじゃないからね」

「ええ……あの……マイク、そろそろお帰りになった方がいいと思うわ」ナターシャは彼の顔を見ているのがつらかった。二人で築いていた甘い夢が、今は無惨な瓦礫《がれき》と化し、ばら色の世界は一転して行く手も見えない灰色の霧に閉ざされてしまった。たった一つわかっているのは、ナターシャが未婚の母になるということだった。

マイクは動こうとしなかった。本当は帰りたいのだが、別れの言葉を口にする決心がつかない、といった様子だ。「ナターシャ、僕は……」

「お願いよ、マイク、お願いだから、もう帰って。話し合うことは、もう一つもないわ」

マイクは目をつむり、うなずいた。そして、静かに近づいてナターシャの頬にキスした。

「元気で暮らすんだよ」

ナターシャは泣かなかった。泣いたのは、マイクの足音が完全に消えてしまってからだった。

5

その日の最後の訪問者がドアをノックしたのはナターシャが夜、ぼんやりとラジオに耳を傾けているときだった。憂うつな気持ちでドアを開けたとたん、彼女は全身の血が逆流するのを感じた。外に立っていたのは、ナイジェルだった。

「話があるんだ」目の前でドアをぴしゃりと閉められるのを恐れてでもいるかのように、彼はドアの端を手で押さえながら言った。

「どうか、お帰りになってください」

「話を聞くだけでも、聞いてくれないか」と強引な口調で言われ、ナターシャはしかたなく彼を中に通してドアを閉めた。「マイク・ポーターが僕のところへ来たことは知っているな?」

「ええ」この男、何をしに来たのだろう。マイクから聞いただけでは足りず、もっと詳しい話を根掘り葉掘り探りに? 前々からナターシャは彼に対して好意を持ってはいなかったが、今では虫酸《むしず》が走るような嫌悪感しか感じられなくなっていた。祭りの余興でも見物するような気持ちで、のこのこ現れたに決まっている。そして、ここで知ったことにありとあらゆる尾ひれをつけて世間に言いふらすつもりだろう。いとわしさのあまり、ナターシャは吐き気を催し始めた。

「不運だったな」突然ナイジェルが言った。言葉ではなく、その口調にナターシャは驚いた。まるで本心から言っているように聞こえたのだ。顔を上げてみて、彼女はますます驚いた。予想していた意地悪な薄笑いはどこにもなく、ナイジェルは気づかわしげに眉を寄せてじっと彼女を見つめていた。「君が人と話をするような心境じゃないことはわかっている。僕はただ、職場の方は心配しなくていいとだけ言いに来たんだ」ナターシャが声もなく見つめると、ナイジェルはきまり悪そうに頬を染め、ぎこちなく言葉を足した。「つまり、人間誰しも過ちの一度や二度は当然じゃないか。僕は、できれば君に辞めてほしくないんだ。秘書として君は優秀だからね。君が……その……どうしても働けなくなるときまでは、今までどおりの仕事を続けてほしいんだよ」

日ごろのずうずうしさはどこへいったのだろう。ナターシャは信じられないような思いでゆっくりと口を開いた。「ありがとう……ございます」

「じゃあ、僕はこれで帰るよ。君も大変だろうが、あまり思いつめない方が……」ナイジェルは口ごもってドアを見つめた。「とにかく、気をもまないことだ。会社の連中だって、うるさいことは言わないよ。今どき世間にはざらにある話だからな」

人なんてわからないものだ、とナターシャは思った。まさかと思っていたナイジェルが、わざわざこんなことを言いに来てくれるとは。

彼はドアに手をかけてから振り向き、ためらいがちに言った。「それから、もちろん僕はこの件を絶対人にはしゃべらない」信じられないようなこの言葉を、ナターシャはなぜか信じた。「十八歳のとき、僕はガールフレンドを妊娠させた……いや、そう思ったことがあるんだ。結局は取り越し苦労だったとわかるまで、彼女も僕も恐ろしい思いをしたよ。彼女の親にわかったら、僕は殺されただろうね」

足音が階段を降りて行ったあと、ナターシャは半ば苦笑しながらドアを閉めた。どうやら彼を動かしたものは仲間意識だったようだ。

とはいえ、おかげでナターシャの気分は少し軽くなった。少なくとも今すぐ職探しを始める必要はなくなったし、ナイジェルがうそを言ったのでない限り、明日の朝も人々の好奇の視線や冷笑におびえることなく出勤できるようになったわけだ。それにしても、いっそ絶海の孤島あたりで生活できたら、どんなに楽なことだろう。都会では経済的な問題だけではなく、絶えず人の目を気にしながら生きていかなければならない。

とにかくナイジェルを信じようと心に決めてナターシャは眠りについたが、翌朝になるとまたもや気持ちがぐらつき始めていた。彼女は死地に赴くような心持ちで出勤し、朝のあいさつをする同僚たちにも申し訳程度の会釈を返すだけで精いっぱいだった。

ナイジェルは遅刻してオフィスに飛び込んで来た。初めのうちナターシャは視線を合わせるのさえ怖いように感じていたが、時間が経つにつれて緊張はほぐれていった。仕事が忙しいことも幸いした。ナイジェルは気分が乗らないときはてこでも動かないむら気な男だが、この日はまるで熱に浮かされたように猛然と仕事をしていた。次から次に用事を言いつけられ、こき使われているうちに、ナターシャも完全に仕事に没頭してしまった。例の件について、ナイジェルは一言も口に出さなかった。彼はいつものように自己満足に浸って上機嫌だった。とりわけ彼を喜ばせたのは、取り引き先の印刷会社の社員がやって来たことだった。発注していたグラフィックアートの出来ばえが気に入ったからではない。それを持参した女子社員の曲線美豊かな体と、魅惑的な流し目が大いに気に入ったからだ。来客を笑顔で送り出す前に、ナイジェルは当然ながら、ちゃっかりデートの約束を取り付けていた。

ドアを閉め、陽気な口笛を吹きながら金髪をなでつけているナイジェルを見ているうちに、ナターシャはほんのちょっぴりうらやましくなった。他人のことなどほとんど気にも留めず、彼のようにおもしろおかしく日々を送れたら、それはそれで幸せというべきかもしれない。

その日ナイジェルは、せっかく浮かんだアイデアを忘れないうちにまとめてしまいたいと言って、夜になるまでナターシャを引き留めて働かせた。彼女は快く残業に応じた。ナイジェルには恩がある。義俠心《ぎきようしん》などという高級なものでなく、単なる個人的な事情が原因だったとはいえ、今回の行動は、やはり親切としか言いようがない。彼女は感謝していた。ナイジェルを見る目にも少し変化が生じ、以前のような悪感情を彼に抱くことは、できなくなっていた。

渋滞の中をのろのろと進むバスに乗って、ナターシャはアパートに向かった。歩道にあふれる人の波をバスから眺めているうちに、ナターシャは異次元の世界に紛れ込んでしまったような異和感に襲われた。目の前で押し合いへし合いしながら家路を急ぐ人々との間には、ガラスではなく得体のしれない何か大きなものが立ちはだかっていた。深い手傷を負って見知らぬ世界をさまよっているような孤独感と闘いながら、ナターシャは懸命に現実を直視しようと努めた。今のところ、この体の異常に気づく他人はいないだろう。だが、ある奥深い部分で、体は着実に変化しつつある。その小さな変化が、それまで描いていた未来を大きく変えてしまった。ほんの小さな一粒の命が、交通事故に遭ったと同じくらい彼女の人生を狂わせてしまったのだ。

交通事故と同じくらい偶発的な事件だったということが、ナターシャにはたまらなく悔しかった。公園で会った日、マイクがもう少し素直に話を聞いていてくれたら。もし、自分の言い方に、もっと説得力があったら。もし、ナイジェルの誘いをはねつけていたら。もしシャンペンなど飲まず、もしジョー・ファラルと出会わなければ。もし……もし……。

だが、運命を恨んでも甲斐《かい》ないことだった。恨むべきは、自らの愚かさ。すべて自分の愚かさから起こったことである以上、責任も自分で引き受けなければならない。

食欲を満たすためというよりは、時間をつぶし気分を紛わすための質素な夕食が終わったとき、ドアにノックがあった。誰にせよ、今は会いたくなかった。だが、しだいに大きくなるノックの音と共に隣室の看護師の声が聞こえると、ナターシャは居留守を使うのをあきらめてドアを開けに行った。

ノックをしていたのはアイルランド娘ではなかった。彼女は踊り場に立ち、ドアの前のジョー・ファラルに愛想良く話しかけているところだった。ナターシャの顔を見て、看護師は陽気に言った。「もう行かなきゃ。今夜は夜勤なの」

「ご苦労様。あまり働きすぎないようにしてね」必死の思いでナターシャは笑顔を作った。

「私だって、できるものならそうしたいわよ」と言って看護師は大声で笑った。ジョー・ファラルが当然のことのように部屋の中に入って行くのを、ナターシャはどうすることもできなかった。その後ろ姿を見つめていた看護師は、うらやましそうなため息をついてささやいた。「あなた、運がいいわね」

ウインクを残して看護師が階段の下に姿を消したあと、ナターシャはドアを閉めて振り向いた。ジョー・ファラルは部屋の真ん中に立ち、首を垂れて自分の靴のつま先を見つめていた。

「今夜お手紙を書こうと思っていたんです、ファラルさん。あなたは誤解なさって……」

「わかっている」

ナターシャは息をのんだ。「ご存知ですって?」

ジョー・ファラルが顔を上げた。顔色が悪い。「ポーターが、また会いに来た。それで、僕は謝りに来たんだよ」

「まあ……」と言ったまま、ナターシャはあとが続けられなくなった。

「僕の誤解だったよ。ポーターに口汚くののしられて、すっかり勘違いしてしまったんだ」

ナターシャは張りつめていた体の力がどっと抜けていくのを感じた。

「君には、ずいぶんひどいことを言ってしまった」

「さぞ動転なさったことでしょうから」

ジョー・ファラルは短く笑い、「そう言われると、ますますつらくなる」と言って、ナターシャを見つめた。「やたら金持ちであるばかりに、他人から金をせびられることも多い。だから、ただではすまないと言われて、てっきり金のことだと……」

「よくわかります。どうか、もうお気になさらないで」誤解がとけたうえは、一刻も早く帰ってほしい気持ちだった。

「そうはいかない。それでなくてもひどく胸を痛めていただろう君に、とんでもない言いがかりをつけて、ますますつらい思いをさせたんだから」

「本当に、もういいんです。お忘れください」ナターシャ自身、すんだことはさっさと忘れたかった。明日からは、また予想もしないようなつらい出来事にぶつからなくてはならないのだろうから。それをどう切り抜けていけばいいのかはわからない。わかっているのは、今すぐジョー・ファラルに出て行ってほしい、二度と来ないでほしいということだけだ。

「忘れろ？」灰色の目がナターシャを鋭く見つめた。「君は正気かね？　君が産もうとしているのは僕の子どもだぞ。どうして忘れられる？」

ナターシャは頰を染めて目を伏せ、彼のチョッキの中ボタンを見つめた。「この際、はっきり申し上げますわ、ファラルさん。私へのご助力はいっさいご無用です。これは、あなたには全く関わりのない問題なんですから」

「子どもは僕の子どもだ！」

「いいえ。私の子どもです。私だけの子どもです」

ジョー・ファラルが、もどかしげに体を動かした。「僕の言い方が悪かった。言い直そう。子どもは我我二人の子どもだ。二人とも平等の責任が……」

「違います！」相手の言葉をさえぎってから、ナターシャは下唇を痛いほどかみしめた。「私のことはほうっておいてください。そして、私という人間に会ったということなど、忘れてしまってください」

「冗談にもほどがある！」忍耐の緒を切らしたように、彼は叫び、あまりのけんまくに思わず体をすくめたナターシャを、肩で息をしながらにらみつけた。やがて、ようやく自制心を取り戻したらしい静かな声で彼は言った。「もっと現実的になりたまえ。君には援助が必要だし、それはどう考えても僕の仕事だ。子どもを産み育てるという大事業を、女手一つでやれるわけがない。よく考えてごらん」

「もう、いやというほど考えました」うなだれたまま答えたナターシャは、自分の頭に相手が優しく手を置いたのを感じ、さっと跳びのいた。

明らかな拒絶に、ジョー・ファラルは一瞬体をこわばらせたが、すぐに平然と言った。

「となると、結論は一つ。君は僕と結婚しなければいけない」

ぽかんと口を開けて相手の顔を見上げてから、ナターシャは激しくかぶりを振った。

「とんでもありません！　もっとひどいことになるのが、おわかりにならないんですか？」

「もっとひどいこと？」

「そうです。子どもばかりか、望んでもいない夫まで抱え込むなんて、まっぴらです！」

と言ってしまってからナターシャは後悔し、相手が言い返す前に急いで口をはさんだ。

「すみませんでした。もっとちゃんとした言い方をすべきでした」

「いかにも」

「でも、言いたいことは変わりません」

ジョー・ファラルは眉を一文字に寄せた。「つまり、僕とは結婚したくない、ということだね？」

「結婚の意志のなかった人を夫に持ちたくない、という意味です。あなたが本心から結婚をお望みのはずはありませんから。私たちはほとんど見ず知らずの他人同士なんですもの、お気持ちは当然ですわ」

「もう他人ではないはずだが」彼の口もとの奇妙な薄笑いを見て、ナターシャは胸が悪くなった。

「私の言う意味はおわかりのはずです。どんなに悲惨で醜悪な結婚生活になるか、考えてもみてください。そんな環境が育児に適当だとお思いですか？」

しばらく無言でナターシャの顔を見つめたあと、ジョー・ファラルは言った。「それほど言い張るからには、対案を持っているはずだ。言ってみたまえ」

「当面は今の仕事を続けます。その先のことはまだ考えていませんが、じっくり考えます。必ず道は見つかります。きっと見つけます」

ジョー・ファラルは不意に椅子に腰をおろして背もたれに寄りかかり、頭の後ろで腕組みをした。

「君も座りたまえ」彼は命じた。

「ファラルさん、私は……」

「座れと言ったら座るんだ！」激しい語気に押されてしかたなく腰をおろしたナターシャ

だったが、座ってみて、ほっとせずにはいられなかった。今までの疲労と緊張の反動で、膝がわなわなと震えていた。ジョー・ファラルがたずねた。「君、年齢は?」

「私の年なんか、関係……」

「年はいくつだね?」執拗《しつよう》に彼はたずねた。

「二十二です」と言って相手の目を見てから、ナターシャはしぶしぶ言い直した。「もうすぐ二十二になります」

「すると、今はまだ二十一なんだね?」

「ええ。でも、自分の面倒は自分で見られます。あなたのお力は借りなくてもやっていけるんです」

「自分の面倒を見られる人間が、こういう問題を起こすだろうかねえ」

「あの日は正気じゃなかったんです。例外です」

「悲しみのあまり無謀な行為に走ったというわけかね?」ナターシャはうなずいた。「君のそういうところが危なっかしいんだよ」

「ですから、例外だったと言ってるんです。あんな間違いは二度と犯しません。本来の私は無謀なことなんかしないタイプの人間ですから」

「僕もそう思う。君はむしろ非常に女らしい娘だ」

「なんだか責められているように聞こえますわ」

「事実を言っているだけだ。君は女の典型と言ってもいい。女はまず行動し、あとで考える。そして災難に巻き込まれるのさ」

「女性を差別した言い方じゃありません？　私はたいていのときは理性的に考え、理性的に振る舞っています。女だからきちんとしたものの考え方ができないなんて言われては心外だわ」

「二十一の娘が独力で子どもを育てようと思うなど、とてもきちんとした考えとは言えない。それに、君の気に入ろうが入るまいが、事実を否定することはできない——その子は僕の子どもでもあるんだ」

「ただの偶然です。場合によっては……」相手の顔に怒りの色を見て、ナターシャは口をつぐんだ。

「場合によっては、別の男の子どもだったかもしれない——そう言いたいんだな？」真っ赤になったナターシャは、ものが言えなかった。「しかし、現実にその子の父親はほかの誰でもなく、この僕だ。僕は父親として我が子を養育する権利を主張するぞ。どんなにいやでもこれだけは頭にたたき込んでおいてくれ。その子の父親は僕だ。この僕なんだ！」

ナターシャの青い目に涙があふれた。「あなたを傷つけるつもりはなかったんです」

「わかっている」そっけない声で彼は言った。「君がポーターを愛していたということも」

「今だって愛して……」ナターシャは声をつまらせ、うなだれてしゃくり上げながら涙と格闘した。

ジョー・ファラルは立ち上がり、ナターシャの椅子の肘置きに座って彼女の体に腕を回し、引き寄せた。広い胸の中で優しく頭をなでられているうちに、ナターシャのすすり泣きは低くなっていった。頭の上で低い声が言った。「ポーターは君を許すことができないのか?」ナターシャの返事は小さなため息だけだった。「僕を殴りつけたときの様子から察するに、あまり思いやりのない攻撃的な青年らしい」

「そんなこと、ありません!」そう言いながら彼の腕の中から逃れたナターシャは、たちまち後悔した。それほど、彼の温かい手は心を慰めてくれるものだった。だが、ナターシャはしっかりと顔を上げて言った。「マイクにとってもショックだったんです。だから、あんな騒ぎになってしまったんだわ」

「君を愛しているなら、自分だって悪かったということがわかりそうなものだ」

「わかってくれたとしても、私によその人の子どもができてしまったという事実を変えることはできないのよ」ナターシャは惨めな気持ちでつぶやいた。「それに、もしこのことが彼のお母様に知れたら、きっと一生私を許してくださらないわ。たとえマイクが結婚してくれと言ったって今となってはもうだめ。私は彼と結婚できないわ」

ジョー・ファラルは興味深そうに彼女の顔を眺めた。「ずいぶんと頑固な女の子だ。だが、君はそういう誠実さを持って生まれついてしまったらしい」

ナターシャはぎごちなく笑った。「ありがとう」

彼はハンカチを取り出してナターシャの顎を指で支えながらていねいに涙をふき取り、そのままの姿勢で言った。「君名義の銀行口座を開くよ」

「そんな……」抗議しかけたナターシャの唇に彼は指を当てて黙らせた。

「では、二つに一つだ。今すぐ僕と結婚するか、さもなければ僕といっしょに裁判所へ行くか、だ」

「裁判所？　どうして裁判所へなんか……」

「君は証人席でうそを言えるような子ではないからね」からかうようにジョー・ファラルは言った。「裁判になれば君は、子どもの父親が僕だということを認めてしまうだろう。かくして僕は、子どもの養育に関する発言権を裁判所から与えられるわけだ」

「今度は、あなたの方が恐喝《きようかつ》しているみたい！」

「だから、そうなる前に金を受け取りたまえ。何も今すぐ使う必要はない。僕は君の心労を少しでも減らし、君が背負っている重荷をいくぶんかでもいっしょにかついでやりたいだけなんだ」

「あなたって、親切な人なんですね」小さく震えるナターシャの唇に弱々しい微笑が浮かんだ。ジョー・ファラルはそれを無表情に見つめた。

「では、金を受け取ってくれるんだね？」

ナターシャはしかたなくうなずいた。「お言葉に甘えさせていただきます」そのあと、二人はしばらく黙り込んだ。まるで、長い力比べを終えて、声も出ないほど疲れ果てた、といった感じだった。やがてナターシャは気を取り直し、「コーヒーでも召し上がります?」とたずねた。

「喜んで」という返事だったので彼女は立ち上がり小さな電気こんろにやかんをかけた。

「やがてはここを越さなければいけないだろうな」ジョー・ファラルは狭い室内を見回しながら言った。「もし、家主に知れたら……」

「わかっています。前から越すつもりでした」

「僕がもう少しましなアパートを見つけてあげる」

「いいえ、結構です! 自分の住むところぐらい、自分で探しますから」

ジョー・ファラルは苦笑しながら片手を上げて制した。「わかった、そう怒ることはないだろう。ところで、ご家族にはもう知らせたのかね?」

ナターシャは首を横に振った。やかんが沸騰し始めたので彼女はマグカップにインスタントコーヒーを入れ、熱湯を注いだ。「いつかは知らせなきゃいけないんでしょうけど……」

「まだ、その勇気がない?」

コーヒーを運びながら、ナターシャは再びかぶりを振った。「家族にはショックが大きすぎます」

ジョーは受け取ったマグを両手で持ったままナターシャを見つめた。「僕と結婚しさえすれば、万事が円満に解決するとは思わないかね？」

「別の問題を抱え込んでしまうだけだわ」か細い声でナターシャは答えた。

「何もかも一人で背負って苦労する方が、僕と結婚するよりはましだと言うんだね？」その言い方はどことなく奇妙に聞こえたが、彼女はうなずいた。

「二年ぐらい頑張りとおせたら、あとは大丈夫だと思うんです。でも、今あなたと結婚したら、一生苦しむことになります」

「僕は疫病神？」むっつりとジョー・ファラルは言った。ナターシャはヒステリックに笑いたくなった。

「ごめんなさい。そんなつもりじゃ……」

「気休めを言ってもらわなくてもいい。君が僕を憎んでいることは、よく承知している」

「そうじゃないんです。あの晩のことは、事故……交通事故のようなものだと思っています」

「ぶつかってきた車と結婚するつもりはない、と言いたいんだな？」

「ええ」ほほ笑みながらナターシャは答えた。

ジョー・ファラルはコーヒーを飲み終えると唐突に立ち上がり、「おやすみ、ナターシャ」という言葉だけを残して立ち去った。

6

数日後、ナターシャがオフィスで書類整理をしていると、香水の香りと気取った微笑を漂わせたソニア・ウォリンが部屋に入って来た。「彼、いる？」

書類ロッカーの前で作業を続けながら首を横に振ったナターシャは、ソニアがデスクの端に腰かけ、美しい脚を優雅に揺らすのを目の端でとらえた。緑色のワンピースは上半身と下半身のごく一部を覆っているだけだ。ナイジェルは惜しい場面を見逃したものだわ、と思いながらナターシャは乱暴に書類ロッカーの戸を閉め、振り向いた。「何かご用でございましょうか」

「まあね。でも、ナイジェルでなきゃだめなのよ」

「一時間ぐらいで帰ると思います。戻りましたらお電話させましょうか？」

「ええ、お願い」いつもなら秘書になど用はないとばかりにナターシャを無視してさっさと帰るはずなのに、今日のソニアは女らしさを誇示するようなポーズを続けたまま、意地悪そうに目を光らせた。「最近、ジョー・ファラルに会った？」

ソニアの見ている前で頬を染めてしまった自分にナターシャは腹を立てた。「いいえ、最近は」あれ以来会っていないのだから、まるっきりうそではない。

「彼の方で興味をなくしてしまったのかしら」ソニアは悪意のこもった視線で年下の娘を眺め回した。「はっきり言って、あなたは彼の好みのタイプじゃないようね。彼はもっと派手な子が好みだもの。あら、あなたを悪く言ってるつもりじゃないのよ」

「もちろんわかっています」

「でも、一目で男を気絶させるようなタイプじゃないことも事実だわ。あなたはおとなしい感じ」

「つまらない女だっておっしゃりたいんじゃありません?」

「あら、そんなこと言ってやしないわよ。そうねえ……しだいに味が出てくるタイプってところかな」でも、こんな退屈な娘の味が出てくるのをのんびり待つような男はいやしないわ、と、ソニアの甘ったるい笑顔ははっきりと告げていた。「それにしたって、ジョーも相変わらずお盛んね。仕事がら、より取り見取りの子が手に入るんだから、結構なご身分だわ」

ジョー・ファラルがどこで何をしている男なのか全く知らなかったことに気づいて、ナターシャは愕然《がくぜん》とした。自分でも気づかないうちに、彼女は「どういうお仕事をしていらっしゃるんですか?」とたずねていた。ソニアは鋭い視線を投げた。

「あら、知らなかったの？」

「お仕事の話はなさらなかったものですから」

ソニアは敵意をむき出しにした微笑を浮かべた。「もっぱらほかのことで忙しかったんでしょう？」あいにく、まさにそのとおりだった。「彼はスターライト・レコードの経営者よ。この五年ぐらいの間に、急速に業績を伸ばしてきた会社。あなたも名前ぐらいは聞いたことがあるでしょう？」

「いいえ」音楽は好きな方だが、レコード会社の名前に気を留めたことなど、ほとんどなかった。

「ララ・ブレナンのレコードを出している会社よ」

その歌手ならナターシャも知っていた。「今、お祭り広場がどうとかいう歌でベストテン入りしている人ですね？　ラジオで聞いたことがあります」

するとソニアは、鼠《ねずみ》を前にして舌なめずりしている猫のような顔でほほ笑んだ。「彼女はね、ジョー・ファラルのいちばん最近の愛人でもあるわけ」突き刺したナイフの効果を見極めるかのように、ソニアは紅潮したナターシャの顔を見つめた。

ナターシャは目を伏せ、「そうですか」と言うのが精いっぱいだった。

「あれこそ、ジョーの好みにぴったりのタイプだわ。ちょっとやそっとの派手さじゃないし、目つきといい体つきといい、まさに寝室向き」

鳴り出した電話のベルに、ナターシャは救われる思いで受話器を上げた。それを潮に、ソニアはようやくおみこしを上げ、ドアの方に歩いて行った。「じゃあ、またね。ナイジェルが帰ったら電話をちょうだい」

ナターシャは目顔でうなずき、電話の相手としゃべり始めた。仕事の打ち合わせのための長い電話が終わったあと、彼女は受話器を置いて窓の下の通りを見つめた。ジョー・ファラルに愛人がいる。別に驚くには当たらないことだ。あの晩、未経験な娘をあっという間にベッドに連れ込んだ手ぎわの良さから見ても、彼の女性遍歴のほどは十分に想像できる。あの夜のことも彼にとっては予定の行動であり、相手は誰でもよかったに違いない。一夜限りの遊び相手――自分にそんなレッテルをはるのはナターシャにとって心楽しいことではなかったが、もちろんジョー・ファラルは今でもそうとしか見ていないに違いない。

胸を刺す小さな痛みを、ナターシャは邪険に払いのけようと努めた。はからずも親切な男だとわかって、彼に好意を持ち始めたのは事実だが、それだけのこと。愛してもいない男に別の女性がいたからといってショックを受けるなど、実にばかげている。あの夜は愚かな衝動で彼の誘いに応じはしたものの、翌朝正気に戻ったときには、彼とは二度と会うつもりもなかったはずだ。今さら驚いたり腹を立てたりする方がおかしい。

ナイジェルは一時間後、ひどく上機嫌で帰って来た。何人もの競争相手を押しのけて大きな仕事の契約を取って来たと言う。ナターシャを見ると、ナイジェルは得意満面の笑顔を中断して軽く首をかしげた。「元気がないぞ、ナターシャ。滅入《めい》っているんなら、うってつけの治療法があるんだがね」ぎょっとしてあとずさりを始めたナターシャを、彼は苦笑しながら引き留めた。「おいおい、話を聞きもしないで頭にくることはないだろう？切符が一枚余ってるから、今夜アポロシアターに芝居を見に行かないかって言おうとしただけさ。どう、行くかい？」

「どうも、ご親切に……」

その声にためらいを感じ取ったナイジェルは、なおも言葉を続けた。「評判の良い芝居だぞ。仲間六人で行くんだから、君の護衛は大丈夫。一人でくよくよしてるより、気晴らしになると思うんだがね」

「ありがとうございます。ぜひ、お供させてください」早合点したことが少し恥ずかしかった。思っていたほどの悪人ではないとはわかっても、以前が以前だけに、すぐに勘ぐる癖が抜けていないらしい。

「よしきた。芝居が跳ねたらみんなで食事に行こう。幕間《まくあい》には一杯やるぐらいの時間しかないからな」

まだ少しきまり悪さを感じながら、ナターシャはうなずいた。「あのう、さっきソニアがお寄りになって、電話をほしいとおっしゃっていました」

「ほお、なんの用だろうな」ナイジェルはいそいそと奥の部屋に向かった。「すぐ、つないでくれ」

ナターシャがダイヤルを回すと、くぐもったセクシーな声が電話に出た。「ソニア・ウォリンです」

「ナターシャでございます。お望みどおり、ナイジェルをつかまえてさしあげましたわ」

ソニアは氷のかけらがはじけるような笑い声を上げた。「彼ならとっくの昔に私がつかまえてるのよ、お嬢ちゃん。感想は言わない方がよさそうだけど」

舌戦では勝ち目がないと悟って、ナターシャは無言で電話を奥の部屋に切り替え、受話器を置いた。ナターシャはときおり、もっと落ち着いた会社とか経理事務所、法律事務所のようなところで働きたいと思うことがあった。そういう職場なら、ソニアやナイジェルに代表される鼻もちならない人種とは顔を合わせずにすむだろう。わざとらしい演技。悪意に満ちた意味もないゲーム。いやというほど聞こえてくる性の話。広告業界とは、そういう世界だ。性は商品売り込みの最大の武器だと考えられている。セクシーな美人が、あるいは筋肉美の男性が推奨する商品を買えば、あなたは最良の人生を保証される――すべての広告は暗にそう言っている。リムジーンからバターまで、あらゆる商品は〝性〟の商標付きだ。

そんな世界を眉をひそめて横目に見て来た自分が、よりによって今度のような事態に巻き込まれてしまった。運命も皮肉なことをするものだ、とナターシャは思った。

反発していたくせに、自分でもいつの間にかこの世界に汚染されていたのかもしれない。人生に絶望したあの日、無意識のうちに、〝困ったときのセックス頼み〟という広告業界の基本方針に追随してしまったのだろう。ここでは、セックスが奇跡を生む。売れない商品も爆発的に売れ始める。だが、セックスはナターシャ・ブレアに奇跡を生まなかった。二度とあんな失敗は繰り返さないわ、とナターシャは心に銘じた。両親からたたき込まれた倫理観念を少し煩わしく感じたこともあったが、今後は絶対に忘れてはならない。

その夜の芝居は肩のこらない陽気な舞台だった。観客は大いに喜び、ナイジェルや彼の友人たちも口口に褒めちぎっていた。ナターシャも、その仲間入りがしたかった。たわいない台詞《せりふ》を軽く聞き流し、いっしょになって笑いたかったが、できなかった。実際のナターシャは、幕間のときナイジェルに「ひどくむずかしい顔をしてるじゃないか。伸び切った輪ゴムみたいに、そのうちぷつんと切れそうだぞ」と言われてしまった。

「ごめんなさい」彼女は精いっぱいの笑顔で言った。

「困った子だ。元気をつけてやろうと思ったのに」

「一杯やれば元気が出るさ」仲間の一人が言った。

ナイジェルは「いいことを言ってくれた」と笑い、ナターシャをせき立ててバーに連れて行った。

劇場内のバーには既に人が大勢つめかけていた。ナターシャは渡されたグラスを片手に持ち、ナイジェルと友人たちとの話に耳を傾けているふりを装いながら、このままアパートに逃げ帰りたい衝動と闘っていた。最初から感じていた疎外感は時間が経つにつれて消えるどころか、逆にひどくなる一方だ。

ほとんど減っていないグラスの中身を見てナイジェルが苦情を言ったが、ナターシャは「もう十分いただいたわ」と言い返した。二度とアルコールに逃げ道を求める気にはなれなかった。失敗は一度でたくさん。一度でも多すぎるくらいだ。

ナターシャがジョー・ファラルを見かけたのは、ナイジェルたちといっしょに二階の円型桟敷に入って行ったとき。何気なく下を見おろすと、一階前方の席にジョー・ファラルの黒っぽい頭が見えたのだった。隣には落ち着いたコーヒー色のドレスを着た赤毛の若い女が座り、親密そうに話しかけている。その女の手が彼の膝に置かれていることに気づいたとたんに、ナターシャは全身の神経が逆立つのを感じて急いで視線をそらした。傷ついたような感じを、彼女は懸命に払いのけようとした。ほかの女性が彼の体に触れようがどうしようが、関係ないはずだ。彼との間には、あの常軌を逸した数時間の記憶以外、共通するものは何もないのだから。ナターシャはその後、二度と彼らの方に視線を向けなかった。

観劇を終えた人の波にもまれながら、ナターシャは劇場の外に出た。「さて、次は食事だ。席の予約はしておいたよ」ナイジェルが言った。

よ！」

「問答無用。広告業界では有名な格言を忘れたのかい？『ナイジェルに、お任せ』だ

「でも、私……」

そのとき、二人の背後で冷ややかな声がした。「ちょっと道を開けてもらうよ」

脇によけて一組のカップルを何気なくやりすごしたナイジェルは、男の方がジョー・フ
ァラルと知って目を丸くした。ナターシャは声を聞いた瞬間に彼だと悟り、思わず振り向
いてしまっていた。すぐに顔を背けはしたものの、黒っぽいスーツをまとった彼の引きし
まった長身や、何度見ても息をのまずにいられない端正な顔は、痛いほど頭に焼き付いて
いた。連れは、あの赤い髪の女性だった。十センチ以上もありそうなハイヒールをはき、
豪華な毛皮のコートを着たその女性は、ジョーの腕にぶら下がるようにして歩いていた。

二人が行ってしまうと、ナイジェルが不機嫌な声で「変な男だ。君に知らん顔をして行
ってしまうなんて」と言ったが、ナターシャは聞こえないふりをした。鼓動が乱れ、こめ
かみに痛みが走っていた。ナイジェルは執拗《しつよう》に言った。「やあ、とか、こんばんは、ぐら
いは言ってもよさそうなものだ」

「もう、あの人とは関係ありませんから」と言って、ナターシャはすたすたと歩き始めた。
食事する気分ではなかったが、言い争うのも煩わしく、彼女は結局ナイジェルの言うまま、
レストランに行った。

「どう、楽しかったかい？」帰りの車の中でナイジェルは言った。

「ええ、とっても」はしゃいだふうを装ってナターシャが答えると、彼は気を良くしたらしかった。

「最高の気分転換になっただろう？」

「本当ね」ナターシャは笑顔を作った。

車をアパートの前でとめたナイジェルは、急いで外に出て助手席のドアを開け、降りるナターシャにかいがいしく手を貸した。至れり尽くせりのサービスぶりに、彼女はそっと笑いをかみ殺した。

ナイジェルは本人が思っている以上に保守的で昔かたぎの人間なのかもしれない。自分の秘書を遊び相手だと見ていた当時は、情け容赦もなく言い寄り、追いかけ回していたものだ。ところが、その秘書がやがて母親になると知ったとたん、今度はまるで高価な壊れ物でも扱うような態度に変わった。考えようによっては、実に単純な男とも言える。

多分その単純さが、ナイジェルを〝広告の天才〟と呼ばれる地位にまで押し上げているのだろう。彼は広告コピーを寄せ集めてできたような男だ。ある状況に直面しても、彼は頭で考えることをしない。全身につまっている広告コピーの中から、その状況にぴったりのものをコンピューターのような正確さではじき出し、次の瞬間、なんのためらいもなく自分を別の人間に変身させるのだ。

正体がわかって吹き出したくなった半面、ナターシャは急にナイジェルに好感を持った。彼女は背伸びをし、妹のような気持ちで彼の頰に軽くキスした。「ありがとう、ナイジェル」

彼は真っ赤になった。「いやあ、礼を言われるほどのことはしちゃいないよ」

「あなたって、いい人ね」ナターシャはにっこり笑い、おやすみなさいを言ってアパートの方に歩いて行った。ナイジェルは車に戻り、困ったような、しかし、うれしそうな笑顔を残して夜の町に走り去った。彼は今度の新しい役回りを楽しんでいるらしい。「ナイジェルに、お任せ!」ナターシャはつぶやき、くすんと笑いながら階段を上った。

その夜、ナターシャはいつになくぐっすり眠ったが、目が覚めてみると全身がだるく、重苦しい感じだった。どことい って痛いところや苦しいところはないのに、なぜかすっきりしないのだ。

そんな状態は数日間も続いた。それに気づいたナイジェルは、早く病院に行けと口やかましく勧めたが、ナターシャはどうしても行く気にはなれなかった。何を恐れているのか自分でもわからなかったが、なぜか病院へ行くのが怖くてならなかった。

金曜日の夜、ナターシャが一人でテレビ映画を見ていると、ドアにノックがあった。廊下に立っていたのは、彼女がいちばん会いたくない人物だった。

「調子はどう?」そっけなくジョー・ファラルは言った。

「順調です。ありがとうございます」その声には、迷惑だという気持ちがありありと表れていたのに、相手は意にも介さない様子だった。

「お邪魔してもいいかな?」

見つめられて顔が赤くなるのを感じたナターシャは、しかたなく彼を中に通した。今夜のジョー・ファラルは光沢のある淡いグレーの背広を着ていた。ナターシャがドアを閉めて部屋に戻ると、彼はテレビの方に向かって片方の眉を上げてみせた。

「あれ、消してもらえるかね?」ナターシャが急いでスイッチをひねると、彼は続けて言った。「先日の芝居、楽しかった?」

「ええ。あなたは?」ひどく落ち着かないにもかかわらず、なんとか冷静な声で言えたことに、ナターシャはほっとした。

「さほど楽しくはなかった」

「まあ……」

「正直言って、退屈だったよ。どたばた喜劇を楽しむような気分ではなかったものだから」

自分も同じ気分だったことを思い出したとたん、不思議な感情がナターシャを襲った。同じ気分? 共通点など、あるはずがないと思っていた。だから、今回の事態を彼の立場で見つめてみたこともなかったのだが、よくよく考えれば、被害者は自分だけとも言い切れない。彼もまた、一種の窮地に追いつめられて困っているのかもしれない。

「君は、あの日もヘリスといっしょにいた」なじるようにジョー・ファラルが言った。

「あんな脳みその足りない男と付き合う女の気が知れないね」

「私、あの人の秘書ですから」彼女は静かに言った。

「なるほど」彼の口から出たのは、この一言だけだったが、さも不快そうな表情を見て、ナターシャはまた頰を染めてしまった。

「ナイジェルは、ただの友人なんです」しかも、友人になったのは、ごく最近のことだ。

ジョーは険しい表情で部屋を見回した。「食事はすんだのかね?」

「まだ……です」うそをつけない自分にうんざりしながらナターシャは答えた。

「では、今からいっしょに出かけよう」

「ご遠慮します」今度は即座に返事が口をついて出た。もっと心のこもった誘いだったら、あるいは行く気になったかもしれないが、あまりにそっけない口調に、むっとしたのだ。

灰色の目が険悪に光った。「なぜだ。ヘリスのようなつまらん男とならよくて、僕とではいやだと言うのかね?」

「食べたくないんです。せっかく誘ってくださったのに、申し訳ありません」ナターシャはあわててなだめたが、ジョーは彼女をにらみつけただけだった。

「僕に対して、君はそういう話し方しかできないのか?」

「そういうって、どんな?」

「まるで、要注意人物とでもしゃべるような話し方のことだ。僕がわからないとでも思っているのか? こっちはまるで、氷の壁に向かってしゃべっているような気分にさせられる」

「すみません。決してそんなつもりは……」

「そんなつもりだとも! 君は僕を非難しているんだ」荒々しくジョーは言った。

「違います」

「うそをついたってだめだ。だが、非難されるべき者がいるとしたら、それは僕だけではないはずだ。君だって……」

「わかっています!」

「わかっていながら、それでも君は僕と顔を合わせることさえ我慢できない――そうだろう? 口ではなんと言おうと、やはり君は僕を非難してるんだ」

「あなたを非難する気持ちはありません。ただ、できれば私たち、会わないに越したことはないと思うんです」

「なぜ?」

「会って、どうなるんですか?」ナターシャが逆にきき返すと、ジョーは顔を怒りで紅潮させ、じれったそうに体を動かした。

「君が好むと好まざるとにかかわらず、僕は今回の一件の関係者だ。それなのに君は、まるで無関係な人間をあしらうように僕を遠ざけたがっている。僕は女性解放運動に異議を唱えたことはないが、君は少々極端すぎる。もちろん、実際に子どもを産むのは君なんだから、君の考えは尊重したい。しかし、それにも限度があるよ。僕にも発言権はあるはずだ。さっきも言ったとおり、君の好むと好まざるとにかかわらず、僕にも関係のあることなんだからね。勝手に無視してもらっては困るんだ」

体の力が抜けそうになり、ナターシャは急いで椅子に腰をおろして、か細い声で言った。

「どうぞ、かけてください、ファラルさん」

「ジョーだ！」天井が震えるような声で彼はどなった。「僕の名前はジョーだ！　二度とファラルさんなんて呼んだら承知しないからな」

「すみません」

ジョーはようやく腰をおろした。「ただの雑談ぐらいならできるはずだ。いい大人が二人いて、話題も見つからないとは考えられない」

「でも、私にはまだわからないんです、ファラ……いえ、ジョー。私たち、お目にかからない方がいいとはお思いになりません？」

「だから、なぜかってきいてるんだ」

「私たちには共通点がありませんから」

「話してもみずに、決めつけてはいけない。初対面のときは、あまり話もしなかったじゃないか」

「また、その話！　あのときのことは思い出したくありません」

「では、忘れられるのか？　僕が忘れるとでも思っているのか？　冗談じゃない。我々は最も親密な関係にある男女のはずだ」わずかにユーモアを帯びた声で彼は言った。

「誤解してもらいたくないんです。私は……」ナターシャは不意に口ごもり、真っ赤になった。

「何を誤解してほしくないんだ？　簡単にベッドに行く女だと思ってほしくないということか？」

「ええ」かすかな声でナターシャはささやいた。

「誤解しているのは君の方だ。そんなこと、僕は思ってもいないし、ここへ来るのも、君をもう一度、なんて下心を持っているからではない」

「じゃあ、なぜここへ？　はっきり言って、私が警戒心を持つのも当然じゃありません？　私とのことは別にしても、あなたのうわさは、さんざん聞かされました。例えば、ララ・ブレナンとか……」

彼は眉を寄せた。「ララ？　彼女と遊んだことがあるかという質問なら、答えはイエスだ。男が三十七にもなっていれば、女性関係にもそれなりの経験を積んでいるのは当然だ。

謝罪するつもりはないね」

「謝罪してほしいなんて、私、お願いしてません」

「それを聞いて安心した」皮肉たっぷりに言ったあと、彼はまじめな口調で続けた。「ここへ来るのは、君のことが気になるからだ。今度のような事態は僕にとっても初めてだからね。そもそも今回は最初から妙だった。今までとはまるきり違っていた。君を一目見たときから、そう感じたものだよ。あの夜は夢のようと言うべきか、まるで逃げられない運命の糸に操られているような気分だった」

ナターシャは息をのんだ。あの夜を振り返ると、自分もまさに同じ気分だったからだ。

「翌朝、ポーターの話をされて、ひどく腹が立ったよ。なにしろ……」彼は急に押し黙り、唇を結んだ。「いや、なんでもない。とにかく、何かの道具にされて喜ぶ人間はいないよ。まして、ベッドを共にした女性から、実は別の男への見せしめのためだったなどと言われて喜ぶ男はいない」

「マイクへの見せしめとか、そういうことじゃなかったんです」

「ではなんだったんだ？　君自身、わからないんだろう？　これだから女は困る。しゃにむに外に跳び出して、かぶった帽子を風車めがけて投げつけたのはいいが、たちまち後悔し始めるんだからな。どうだい、当たっているだろう？」

「まあ、おおよそそんなところです」

「しかし、風車としても苦情の一つぐらいは言う権利があると思うんだが、違うかね?」

ナターシャは思わずほほ笑んでしまった。「やっと、いい顔をしてくれた。その顔、その笑顔に僕は目を留めたんだ。あの晩の君は、よく笑っていた。もっとも、そのあとはめったに笑わなくなったが」

「笑いたくなるようなことも、あまり起こらなかったものですから」

彼はうなずいたが、真剣なまなざしの奥で何を考えているのか、ナターシャには推し量りかねた。

「ポーターとのことは、すっかり終わってしまったのか?」と尋ねられ、ナターシャも笑顔を消してうなずいた。「もとの関係に戻る望みも全くなし?」

ナターシャは再びうなずき、一部始終を淡々と語った。

じっと耳を傾けていたジョーは、ナターシャが話を終えて口をつぐむと静かに言った。

「運が悪かったな。だが、あえて言わせてもらえば、そこまで母親に牛耳られているとは、ポーターも意気地のない男だ」彼は腕時計に目をやり、さりげない口調で「君は、まだあの男に未練があるのか?」ときいたが、ナターシャは視線をそらしたまま返事をしなかった。すると、ジョーは言った。「少し時間は遅いが、どこかで軽い食事でもしようじゃないか。氷の壁は割れたんだろう?」

ナターシャは衝動的に立ち上がった。「私、上着を持って来ます」今までかたくなにジョーを避けて来た自分が、なんだかばかばかしく思えていた。

二人が行ったイタリア料理店は、遅い時間にもかかわらず混雑していた。狭いフロアーではバンドがにぎやかな音楽を奏で、大声を出さないと話もできないほどだった。メロンとハムを食べ、盛りだくさんのスパゲッティーを食べながら取り留めのない雑談をしているうちに、ナターシャの気持ちは徐々にほぐれていった。話題は読書から音楽へ、そして演劇へと移り、二人はお互いについて多くのことを知った。

なんにも知らないうちに、ただこの人の外観だけで、あの晩の私は好感を持ってしまったんだわ、とナターシャは思った。しかし、女なら、たいていはそうだろう。この人には強烈な磁力のようなものがある。顔の良さや体のたくましさもさることながら、いかにも意志の強そうな灰色の目、そして抜きん出た個性が、人を惹《ひ》きつけずにはおかないのだ。

「楽しんでもらえたかな?」アパートの前まで送り届けてから、ジョーは言った。

「ええ、とっても楽しかったわ」

ジョーは長い指先でナターシャの頰を軽くなでた。「それ見たことか、とは言わないでおこう」

「ありがとう」笑いながら彼女は答えた。

「ところで、さっき話してた芝居のことだが、見たいなら切符を買うよ。来週の今日ではどうだい?」ナターシャが返事をためらいかけるのを見て、彼はすかさず言った。「ノーとは言ってほしくないね」

「言わせないぞ、なんでしょう?」

「そのとおり。さっそく切符の手配をしよう」

自分でも不思議なほど素直な気持ちで、ナターシャは「ありがとう」と言ってしまった。

「よし、いい子だ」と満足そうに言うジョーを残して、ナターシャはほほ笑みながら車を降りた。約三十分後、着替えをすませてベッドに入るときも、彼女はまだほほ笑んでいた。体の不調もどこかへ飛んでいってしまい、何日、いや、何週間ぶりかで胸のつかえが下りたような気分だった。スタンドの明かりを消すやいなや、ナターシャは心地良い眠りに落ちた。

翌週、観劇に連れて行ってもらったときも、彼女は楽しい夜を過ごした。その次の週はバレーだった。金曜の夜のデートが恒例のようになるにつれて、ナターシャはときおり、辞退や抗議の言葉を口にしたが、ジョーは耳を貸そうともしなかった。ナターシャはしだいに気づまりになってきた。いけないことだとは知りつつ、つい彼を頼ってしまいそうな自分がいやだったのだ。ジョーは自分の私生活を絶対に話題にしなかったが、相変わらずララ・ブレナンをはじめ、ほかの女性たちとも付き合い続けているだろうことを、ナターシャは確信していた。ジョーは女性としてのナターシャに全く興味がないらしく、まるで妹思いの兄のような態度を取り続けていた。ほっとし、感謝する半面、ナターシャは奇妙ないら立ちを感じることもあった。

ジョーは罪の意識を感じているのだ、と彼女は想像した。口では言わないが、彼がこれほどまでにあれこれと気を遣ってくれる理由は、ほかには考えられない。責任を感じ、いたわってくれるジョーに対して感謝しながらも、ナターシャはときおり、二度と彼には会わない方がいいと思い続けていた。なぜかはわからないが、彼の存在は事態をよりいっそう複雑にするように思えた。なぜそうなのかは、どうしてもわからなかったが……。

7

いったん忘れかけていた体の不調が、ある朝再びナターシャを襲った。前回と違って今回はいつまで経っても治らず、顔色も青白くなる一方だった。これくらいの気分の悪さは気の持ちよう一つで吹き飛ばせるはずだ、とは思っても、ときとして起こるひどい目まいは、気の持ちようではどうにもならなかった。下の段の引き出しを開けて書類を取り出そうとするとき、あるいは急に椅子から立ち上がったとき、部屋がぐるぐると回り出し、目の前が暗くなり、そして気が遠くなっていった。

十代のころ、彼女はひどい貧血症だった。ほんのちょっとしたことで冷や汗が吹き出し、気が遠くなっては周囲をあわてさせたものだ。あのころの体に戻ってしまったのだろうか。

ついにある日、ナイジェルと話している最中にまで貧血が起こってしまった。彼は、あわてふためきながらナターシャを椅子に座らせた。「さあ、座った、座った。どうしたんだ？　死人みたいなひどい顔じゃないか。いったい、どうしたんだ？」

ナターシャは体を折り曲げるようにして懸命に吐き気と闘い、二分ほどしてからようやく顔を上げた。

「ご心配をかけました。もう大丈夫です」

「何が大丈夫なものか。まだ顔色が悪い。それに君、もうそろそろ太ってもいい時期だと……」ナイジェルは、ばつが悪そうに言葉尻を濁した。

「まだ早すぎます」ナターシャは言ったが、さほど自信があるわけでもなかった。わかっているのは、太るどころか、もともと細身の体が最近めっきりやせてしまったことだけだった。どの服も、ウエストがゆるくなってしまった。ほとんど食事をしていないためだということで、彼女は自分を納得させていた。栄養を取らなければいけないことはわかっているのだが、食べ物は見るのもいやだった。食事のことを考えただけでも、吐きそうになる始末だった。

「早く医者に診てもらうことだ」ナイジェルが言う。

「そうします」ただし、これ以上は我慢できないというところまで症状が悪化した場合の話だ。そうなる前に治ることを、彼女は祈っていた。

「よし、すぐに電話してやろう」

「いいえ、自宅に帰ってから自分で電話しますから」

「本当に、今夜だな？」

「ええ。ですから、そんなに大騒ぎしないでください、ナイジェル」笑みさえ浮かべて彼女は言った。

ナイジェルは受話器へ伸ばした手をしぶしぶ引っ込めた。「どうにも心配でたまらないよ」

「大丈夫ですったら」

しかし、その日のナターシャは、アパートへ帰るバスの中でさえ何度も気を失いそうになった。今日が金曜だということが、唯一の慰めだった。二日間はのんびりと休息できる。朝七時に起きて八時半までに会社に着き、夜七時にアパートに戻るというOL生活を、彼女は初めて大きな苦痛だと感じた。

翌日、心ゆくまでベッドで朝寝坊をしてから起きたナターシャは近くの店まで買い出しに行き、やっとの思いでスクランブルエッグを作って口に押し込んだ。そして、再び外出の支度をしてアパートを出ると、ゆっくりと川岸に向かった。いつの間にか夏は遠い過去になり、枯葉が川面を舞いながら海へ押し流されてゆく季節になっていた。無人のヨットの上では、かもめたちが騒々しい鳴き声を上げ、川岸のビルの壁は秋の太陽を受けて白い氷山のように冷たく光っている。のろのろと歩くナターシャの心は重かった。家族には、まだ何一つ打ち明けていない。まだ人目に立つ体にはなっておらず、ナイジェルも沈黙を守ってくれているおかげで、会社のみんなも気づいてはいない。だが、こんな状態がいつまでも続くはずはない。好奇の視線とひそひそ話の対象になる日のことを思うと、それだけで再び気が遠くなりそうだった。

脇の車道には、交通渋滞で前へ進めない車がひしめき合っていた。その中の一台、あるタクシーの中にジョーの姿を認めたとたん、ナターシャの体はかっと熱くなった。ゆったりと座った彼の隣には、黒いジャージーのアンサンブルを優雅に着こなしたララ・ブレナンがいた。顔を生き生きと輝かせ、何か熱心にしゃべっていたララが突然、両腕をジョーの首にからませ、キスした。彼の両手がララの腰のあたりを支えるのを見ると、ナターシャはたまりかねて顔を背け、しゃにむに歩き出した。雲一つない空が急に真っ暗になり、雷にも似た得体のしれない音が鼓膜を震わせた。やがて、その音さえも聞こえなくなった。

まぶたに太陽の光を感じて、ナターシャは目を開けた。大勢の人が上からのぞき込んでいるのはわかるが、どの顔もぼやけていて、はっきりとは見えない。その中にジョーに似た顔があるように思って、彼女は懸命に目を凝らした。

「何があったんだ？」――やはり、ジョーだった。驚きのあまり、ナターシャは急いで目を閉じて聞こえなかったふりをした。

「気を失ったらしい」誰かが言った。

「いきなり倒れたんだ」これも知らない声だった。

「救急車を呼ばなきゃいかんな」また別の声。

「僕が医者に連れて行こう」と言ったのはジョーだった。賛成する声や、逆に、まだ動かさない方がいいかもしれないと危ぶむ声などで、ひとしきりその場がざわついたが、ジョーがつかつかと進み出てナターシャを抱き上げると、議論はおさまった。

ジョーはナターシャを軽々と運んで行く。抗議の声を出す力さえ、ナターシャには残っていなかった。急に動かされたためか、再び激しい目まいが始まっていた。ナターシャが運び込まれたのは、さっきジョーが乗っていたタクシーの後部座席らしかった。エンジンがかかり、車体が小さく震え始めた。ドアが閉まった。低いハスキーな声が言った。「その人、どうしたの？」

「貧血で倒れたらしい」ジョーが答えた。

「すると、行き先は病院ですか、お客さん」しわがれたこの声は、たぶん運転手だろう。

「いや、あとで往診を頼んだ方がいいだろう。初めに言った行き先へやってくれ」タクシーが動き出すとジョーは続けて言った。「ちょうど家への通り道だから、途中で君を降ろして行く」もしかすると自分に言われてるのかもしれないと思いながらも、ナターシャはまだ目を開けることができなかった。全身が氷のように冷たく、手足の感覚がない。

衣《きぬ》ずれの音と共に、高級な香水の香りが漂ってきた。さっきのハスキーな声が言った。

「ずいぶん苦しそうね。顔に全然血の気がないわ。あなた、知り合いだって、さっき言ってたわね？」

「ああ。友だちだ」

低い含み笑いのあと、「へええ、お友だちねえ」と、冷やかすような声がした。

「そう、友だちだ」ジョーは不愉快そうに答えた。

タクシーがスピードを落として停車しかけたとき、ララ・ブレナンは言った。「私、あなたの家まで付いて行って看病のお手伝いをしてもいいのよ」

「ありがとう。だが、一人で大丈夫だ」

「そう？　ならいいけど」ちょっとすねたような声で言ったあと、ララが腰を浮かす気配がした。そして、聞き間違えようのないキスの音。「しっかりおやりなさいな。あなたのお友だちとやら、早くお医者様に診せた方がいいわよ。輸血でもした方がよさそうな顔色だもの。まさか、この人の生き血をあなたが吸ってしまったんじゃないでしょうね？」またも冷やかすように言ったあと、彼女は返事も待たずに車のドアを閉めて立ち去った。

タクシーは再び走り出した。車がカーブを曲がったとき、ナターシャの体は大きく揺らぎ、ジョーが片腕で抱きしめて支えた。ナターシャは体をこわばらせ、気力を振り絞って目を開けた。ジョーは眉を一文字に結んで彼女の顔をのぞき込んでいた。

「気分はどうだね？」

「ずっと良くなったわ」

「とてもそうは見えないぞ。いったい全体、どうしたっていうんだ！」

「ちょっと気を失っただけ。それだけのことよ」大声でどなられて顔をしかめながら、ナターシャは答えた。

「いつからそんな状態が続いてるんだ、白状しろ」十日前に会ったばかりなのに、まるで彼女が十カ月も雲隠れしていたかのように、ジョーはなじった。

「今日からよ」本当は一週間前に始まり、しかも日日悪化しているのだが、ナターシャはその事実を認めたくなかった。これ以上、何をどうすればいいのだろう。妊娠しているとわかったとき、彼女はもうどたん場の窮地に追いつめられていた。あれから月日ばかり経ち、やるべきことは手つかずのままだ。家族に打ち明けてもいないし、出産の準備も何一つしていない。そんな状態なのに、どうしてこのうえ体の不調という事実にまで目を向けることができるだろう。この気分の悪さの原因がなんなのか、それを考えることさえ、ナターシャには怖くてできなかった。毎晩、不安におびえながら寝つけないでいるくせに、どうしても医師に相談する勇気は持てなかった。何か恐ろしい宣告をされるような気がして、怖くてたまらなかったのだ。

「今日?」ジョーは明らかな不信のまなざしでナターシャを見つめ、彼女が無言で目をそらすのを見ると、またどなり出した。「引っぱたいてやりたいよ! 全く、手に負えない頑固な……」ナターシャが震え始めたのに気づいて彼は言葉をとめ、あとは押し殺した声で言った。「なんてことだ!」

　タクシーがとまるとジョーは料金を払い車の横に降り立っていたナターシャの腰に手を

回した。彼女は抗議しようとしたが、すぐにあきらめた。足にまるで力が入らず、一人では歩けそうもなかった。

足もとに気を配るのがやっとだったので、ナターシャは自分がどこへ連れて行かれるのか見当もつかなかった。しかし、家の中に入ると、そこが広く明るく豪華な場所であることがおぼろげにわかった。

ジョーはナターシャを大きな長椅子に座らせ、自分はその前に立って怒ったように彼女を見つめた。「いいか、すぐに戻って来るから、絶対にそこを動くんじゃないぞ!」彼が部屋を出て行ったあと、ダイヤルを回す音に続いて彼の話す声が聞こえてきた。

何を話しているのか、ナターシャは聞く気にもなれず、こわごわと部屋を見回しているだけだった。時代の最先端をいく設備と、年代もわからないほど古典的な家具とがみごとに調和している部屋だった。毛足の長いカーペット。カーテンは金色のベルベット。窓ぎわのテーブルの上には、あずき色の菊の鉢。ナターシャが座っている長椅子にはクリーム色の麻のカバーがかかり、四角のクッションが積み上げてある。一方の壁ぎわには最新鋭のステレオ装置があり、秋の日ざしが当たって光っている。

ジョーがグラスに水を入れて戻って来た。「ひとまずこれを飲みたまえ。医者に往診を頼んでおいた。親しい友人だ。二分で来る」

二分というのは誇張ではなかった。ナターシャが水を飲み終えないうちに、医師は部屋に入って来た。金髪で、ちょっとうさぎに似た顔だと彼女は思ったが、非常に感じの良い人物だったので、怖いとは思わなかった。医者は終始無言で診察を終え、聴診器をかばんにしまいながら、初めて大声で言った。「ジョー、もう入って来てもいいぞ！」

ゆっくりと部屋に入って来たジョーは、鋭い視線をナターシャに投げてから医師の顔を見た。「で、どうなんだ？」

「検査をしてみないうちはなんとも言えないが、少少やっかいなことになるかもしれんな」医師は言い、音を立ててかばんの蓋《ふた》を閉めた。

「やっかいなこととは？」

「だから、検査をしてみないと……」

「いいから、言ってくれ、ジェームズ」ジョーは医師の言葉をさえぎって言った。「見当はついているんだろう？　どこが悪いんだ？」

「推測で、ものは言えんよ」

「推測でも当てずっぽうでもいい。間違いだったとわかっても、賠償金を払えなんて言わないから」

医師は笑った。「しかたがない、言うとするか。問診だけの判断だが、彼女は流産の危険性が……」

「うそだわ！」自分でも気がつかないうちにナターシャは叫んでいた。そうではないかという懸念が常に頭の片隅にあったのだが、彼女は必死で目を背けてきたのだった。今、他人の口からその言葉を聞かされてみて、彼女は自分が子どもを失うことをどんなに恐れているか、初めて悟った。

医師は急いで言った。「いや、危険性があると言っただけだよ。まだ決まったわけじゃない」彼は視線をジョーに戻した。「休養だ。まず、休養させなくちゃいかん。一つだけ気がかりなのは、彼女がやせすぎていることだ。これでは胎児の発育も遅れていることだろう。当分は絶対安静。労働も気をもむことも禁物だ。流産したくなければ、二、三カ月はじっとして、ゆったりした気分でいなければいかん」

「それほど危険な状態なのか?」ジョーがたずねた。

「彼女の体は頑強なたちではなさそうだ。果たして出産に耐えられるかどうか、そこが心配なんだよ。とにかく、すぐに検査の手配を始めるから、こっちから連絡がありしだい、病院に連れて来られるよう準備しておくんだな」医師は便せんに走り書きしてジョーに渡した。「当面、これを飲ませてくれ。貧血治療の鉄分とビタミン剤だ」

医師とジョーが部屋を出て行ったあと、ナターシャは自分を激しく責めながらぐったりと座っていた。もっと早く医師に診てもらうべきだった。そうすれば、こんなことには……。

医師を見送って部屋に帰ったジョーは、ドアのところに立ったままナターシャを見つめた。「今夜はここに泊まってもらう」うむを言わさない口調だ。

「そんなこと、できないわ」ナターシャは弱々しく言ったが、彼は歩み寄り、子どもでも抱くように簡単に彼女の体を抱き上げてしまった。

「ベッドに行くんだ」再び抗議するナターシャの声には耳も貸さず、彼は二階への階段を上って行った。

「寝るなら、アパートに帰って寝るわ。ここには泊まれないし、だいいち、ずっと寝てなんかいられないわ。勤めがあるんですもの。ジョー、聞いてるの？」

「アパートの鍵《かぎ》を渡したまえ。行って、必要なものを取って来る」

「私、帰るって言ってるのよ！」ベッドの上に降ろされたナターシャは起き上がろうともがいた。

ジョーはベッドの端に腰をおろし、ナターシャの着ている緑色のブラウスのボタンを手早くはずし始めた。

「何をするつもり？」ナターシャは叫んだ。冷たかった頬が、急に熱くなってきた。

「服を脱がせてやろうとしているんだ。そう興奮するなよ。君を裸にしてどうこうするつもりは全くないんだから」冷たい薄笑いを浮かべて彼は言った。

「服ぐらい自分で脱げるわ」ナターシャが唇をとがらせて言うと、彼は立ち上がってドアに向かった。

「じゃあ、二分だけ時間をやろう。二分だけだぞ」

一人になったナターシャは、意を決して服を脱ぎ始めた。ジョーがドアを開けたとき、彼女はベッドに横たわり、上掛けをしっかり首のところまで引き上げて押さえていた。冷笑を浮かべながらジョーはうなずき、片手を差し出した。「鍵を渡してもらおうか」

「私の上着のポケットの中」彼女は低い声で言った。

鍵を見つけたジョーは脅すように言った。「そのままじっとしているんだぞ。服を着ようとか、ベッドから出ようとか、よけいなことを考えるなよ」

「私、子どもじゃないのよ！」

「どうだか、怪しいものだ」という捨て台詞《ぜりふ》を残して、ジョーは部屋を出て行った。

ナターシャは自分が寝ている部屋に初めて目をやった。ピンクと白で統一された、いかにも女性向きの部屋だった。私のいるべき部屋ではない、と彼女は思った。ジョーだって、本当は同じことを考えているに違いない。多分、この家へ連れて来ることさえ、不本意だったはずだ。気を失う前に見た最後の光景を彼女は思い出した。キスをしたララを抱き寄せたジョー。二人の関係は、あれを見ただけでもわかる。そして、車の中で交わされた、いかにも親密そうな会話。ジョーが親切にしてくれるのは、まるで交通事故の加害者にでもなったような責任を感じているからにすぎない。ただ、交通事故に例えるのなら、過失はむしろ、自分の方にある。ジョーは、跳び出した歩行者を避け切れなかったドライバーのようなものだ。

だから、彼の世話を受けることはできない。すぐに服を着てアパートに帰らなければ、とナターシャは思った。だが、体の方が言うことをきかなかった。いつしかまどろんでいた彼女は、急ぎ足で階段を上って来る足音を聞いて跳び上がりそうになった。

「おや、顔色がずいぶん良くなっている。頬に血の気が差しているよ」入って来たジョーは驚いたように言った。さっき足音を聞いたとたんにこうなったのだという事実を、ナターシャは認めたくなかった。

「だから、もう家へ帰っても大丈夫よ」

「いいや、だめだ」ジョーは提げていたスーツケースを下に置き、蓋を開けた。中には、ナターシャの身の回り品が整然とつめ込まれていた。彼は衣類をかき分けて綿のネグリジェを探し出し、ベッドの上にほうり投げた。「さあ、これに着替えて」

しかし、ナターシャは上掛けをしっかり握りしめたまま、身動きもしなかった。訳のわからない不安で、体がこわばっている。立ち上がってじっとその様子を眺めていたジョーが一歩足を踏み出すと、彼女は震え上がった。

「やめろ」鋭い声で言いながら彼はベッドの上にかがみ込んで来た。ナターシャの奇妙な不安感は、さらに募《つの》った。

「やめるって……何を?」

「君がヒステリーを起こしそうだから、落ち着けと言ってるんだ。ここが寝室で、君は上掛けの下で一糸まとわない姿だからといって、よけいな気を回すことはない」

「私、別に……」

「ごまかしたって、だめだ。君は僕がそばに寄っただけでヒステリーを起こしそうになる。いつだってそうだ。指一本でも触れようものなら、君は跳び上がるじゃないか。僕が気づいていないとでも思っているのかい?」

「そんなふうにどなられたら、誰だって怖がるわ」ナターシャは小さな声で言った。

「どなってなんかいない!」言うが早いか彼はベッドの端に腰をおろし、片手で上掛けを引きはがした。灰色の目にはどす黒い怒りの火が燃えていた。ナターシャの指が上掛けをつかむ前に、ジョーはそれをベッドのすその方に押しやってしまった。ベッドの上に白く横たわったナターシャの全身を、彼はむさぼるように見つめた。

「やめて……見ないで」かすかな声を振り絞って言う彼女の体は、わなわなと震えていた。

「どうして見ちゃいけないんだ?」形の良い胸の膨らみから下半身の方へと視線を下げながら、ジョーはつぶやいた。気も狂わんばかりの恐怖にナターシャは見舞われた。初めて会ったあの夜は、恐怖など全く感じなかったのに、今の彼女は恐れ、おびえ、おののいていた。ジョーを怖いと思う気持ち以上に、ナターシャは、今全身を駆け抜けている自分の中の熱いものが怖かった。ジョーに触られでもしたら、その熱いものが音を立てて爆発しそうだった。ジョーは細い手首を無造作につかんで腕を脇にどけ、彼女の上に覆いかぶさった。

つぶやくような低い声で彼は言った。「何を怖がってる。あの夜の君は怖がってなんかいなかった。化け物でも見るような目で見つめるのはやめろ」

「放して、お願い……」ささやきかけたナターシャの体は、急にこわばった。ジョーの温かい手が彼女の胸の膨らみを覆い、長い指先が静かに動き始めていた。ナターシャは絶望的に目を閉じた。その直後、彼女は顔の上にジョーの熱い吐息を感じた。唇と唇が触れ合った。深いため息を最後に、ナターシャは自ら狂おしくキスを受け入れた。自由な方の手で、彼女はジョーの腕を、肩を、のどを、そして髪を優しくさすっていた。彼の強引なキスはやがて静かな甘いキスに変わった。彼の片手も、ナターシャの滑らかな肌をそっと愛《あい》撫《ぶ》し続けていた。

震えるような深い吐息を一つもらしたあと、ジョーは体を起こしてナターシャの紅潮した顔を見おろした。

「これで、わかったはずだ」彼は唇の端に薄笑いを漂わせながら、しわがれた低い声で言った。「怖くなんか、なかっただろう？　この屋根の下は、君にとって安全きわまりない場所なんだ。僕は君の体がほしい。ほしくないなんて、うそをつくつもりはない。だが、病人をいたぶる猟奇的な趣味はいささかも持ち合わせていないから、安心してこのベッドで眠りたまえ。間違っても、僕が夜中にドアを蹴《け》破って入って来て君に襲いかかるんじゃないか、なんて心配をするんじゃないぞ」ジョーは立ち上がり、さっきのネグリジェをナターシャの手の中に置いた。彼女は目を伏せたまま、身じろぎもしなかった。「これからは、僕がそばに寄ったからといって、いちいち大騒ぎはしないことだ」そう言うと、彼はドアに歩み寄ったが、ハンドルに手をかけたところで立ちどまり、ナターシャに背中を向けたままでたずねた。「何か食べたいものは？」

「ありがとう。でも、いりません」ナターシャはしつけの良い子どものような堅苦しい声で答えた。まだ全身がぶるぶると震えていた。

「じゃあ、紅茶かコーヒーは？」

「それもいりません。少し眠りたいわ」

ジョーが静かにドアを閉めて立ち去ると、ナターシャは震える手をしかりつけながらネグリジェを身に着け、横になって再び上掛けを顔の近くまで引き上げた。自分がたまらなくいとわしかった。ジョーに抱かれ、キスされ、愛撫されている間中、心の中ではそれ以上のことを望み続けていた自分を思うと、胸が悪くなりそうだった。ジョーがキスだけにとどめたのは、理性と意志の力だということが彼女にはわかっていた。男性としての本能がその先を望んでいることもはっきりわかっていた。しかし、それは、好みに合わなくもない女性を、しかも全裸の状態で抱きしめたときに当然起こるべき、男性としてはごく正常な反応でしかない。それ以上の意味があるというような幻想など、ナターシャは持っていなかった。もし、さっきジョーに体を許していたら、今ごろは自己嫌悪で死にたくなっていたことだろうと彼女は思った。前回と違って、惨めさのあまり捨てばちになっていたとか、シャンペンのせいだという言い訳は通用しない。すべてを彼に許したいという、焼けるような欲望があっただけだ。その欲望の火は、今もナターシャの体の中で燃えさかっていた。

8

三日後、ナターシャは病院に行った。検査は一日で終わり、ジョーは彼女の抗議をはねつけて、再び自分の家に連れて帰った。翌日には検査結果が出た。ジョーの友人のジェームズ医師はベッド脇の椅子に腰かけ、にこにこしながらナターシャの手を取った。

「なんとかなりそうだよ」

ナターシャは目を輝かせた。「流産せずにすむんですか?」

「聞き分けよくして、ちゃんと言い付けを守っていればね。仕事は辞めて、なるべくベッドを離れないようにすること。それも、しばらくの辛ぼうだよ。妊娠六カ月に入れば、もう大丈夫だろう」

「でも、仕事を辞めるなんて、私……」

「事情はあるだろうが、やはり辞めてもらうしかないだろうね。ナターシャ、我々の言い付けを守るか守らないか、これは重要な問題なんだよ」

「もちろん彼女は守るさ」それまでじっと話を聞いていたジョーが言った。

ジェームズは安心したように再びほほ笑み、立ち上がった。「いい子にしてさえいれば、何も心配はいらないんだよ。君は赤ん坊がほしいんだろう?」

ナターシャはうなずいた。うそではない。本当にほしかったのだ。最初は考えるのもいやだったのに、避けられない事実として受け入れて数カ月を過ごすうちに、気持ちに少しずつ変化が生じていた。一人でいるときなど、いつの間にか想像に胸を膨らませていることさえあった。どんな赤ん坊だろう、誰に似ているのか。男の子、それとも女の子だろうか。ほんのちっぽけな種のようなものが、やがて人間の形をした赤ん坊、しかも自分自身の赤ん坊になるのかと思うと、不思議なような、楽しみなような気分だった。流産は絶対にいやだと彼女は思った。

ジェームズと共に部屋を出て行ったジョーは、すぐに戻って来た。ナターシャは壁を見つめたまま、ゆっくりと口を開いた。「私、実家へ帰らなければいけないんだと思うわ」

仕事を辞めるとなれば、あのアパートの家賃さえ払えなくなる。

「それはいけない」という返事に、彼女は驚いてジョーの顔を見上げた。

「だって、そうするよりほか、ないんですもの」

「じゃあ、こうすればいい。僕と結婚するんだ」

「だめよ」考える前に答えたあとで、ナターシャはしだいに腹が立ってきた。冗談にもせよ、なんということを言い出すのだろう。だがジョーの顔は真剣そのものだった。

「口答えをするな。僕はもう決心したんだから」

「あなたがどんな決心をしようと、私には関係ないわ。私に命令なんかしないで！」

「君は自分の顔を鏡で見たことがあるのか？　すっかりやつれてしまって、そんな状態で、どうしてご両親のもとに帰れるって言うんだ。中には平気な顔をして『ママ、パパ、私、赤ちゃんができたの』と言える娘もいるが、君はそんな図太い神経を持っていない。やっとの思いでご両親に打ち明けたとしても、針のむしろに座らされたような苦しみを味わいながら毎日を過ごすに決まっているんだ。それを知りながら、黙って手をこまねいていることはできない」

「その話は、とっくにすんでいるはずよ。あなたは私との結婚を望んではいないし、私も同じだわ」

「お互いの感情の問題は、ひとまず棚上げにしよう。この際、契約を結ぶんだ」彼は押し殺した声でゆっくりと言った。「結婚式を挙げ、生まれた子どもを入籍し、そのあとで君がどうしても、と言うなら離婚すればいい。これなら君は安心して出産準備に専念できるし、そのあとの結婚生活について気をもむ必要もなくなるはずだ」

ナターシャの気持ちはぐらついた。偽装結婚のようなことをすれば、あとでいろいろと問題も起こるだろうが、少なくとも当面差し迫った問題からは逃げていることができるのも確かだった。

「どうなんだ？」ジョーは返事を迫った。

なおも一瞬迷ってから、ナターシャは力なくほほ笑んだ。「あなたさえ、それでいいのなら……」

「いいとも」彼は唇をゆがめて視線をそらした。「で、結婚式にはご家族にも来てもらうか？」

ナターシャは急いで首を横に振った。黙って式を挙げたりすれば、家族が怒り、嘆き悲しむのは目に見えているが、こんな偽りの、ただ便法としてだけの結婚式を家族の目に触れさせることはできない。肉親の前で幸せな花嫁の演技をすることなど、彼女には耐えられそうもなかった。

冷たい灰色の目は、彼女の拒絶の理由はすっかりわかっていると告げていた。だが、ジョーはそれについての意見は口に出さず、「それならそれでいい」と言っただけだった。

「では、次の件に移ろう。この家で君を一日中一人にしておくことはできないんだが、かといって僕もそういつまでも仕事を休んではいられない。そこで、人を頼もうと思うんだ。ルーシー・トラスコットといって、死んだ母の学生時代の親友だ。過去にも何度か、パートタイムで来てもらったことがある。生活には不自由していないんだが、未亡人で暇を持て余しているものだから、頼めば喜んで来てくれる。君の世話と家事いっさいを彼女に任せようと思うんだよ」

「私のためなら、やめてほしいわ。あなたの生活のペースを、これ以上乱したくないの。こうして寝かせてもらっているだけでも、あなたに悪いと思っているのに」

「悪いなんて思う必要はさらさらない。ルーシーは大喜びで君の世話をするだろう」

「でも……」

「もういい。僕はそう決めたんだから」

ナターシャはベッドの上に起き上がった。「どうして、いつもそう頭ごなしなの？　私が判断もできない子どもだとでも思ってるの？　せめて話し合うポーズだけでも見せてくれたっていいはずよ」

「よし、わかった」と言って、ジョーはベッドの端に腰かけた。「話し合おうじゃないか。まず、僕の意見を言おう。僕が人を頼みたいのは、君を一人きりにして何時間も家を空けた場合、家のことが気掛かりで仕事が手に付かないからだ。さて、君の意見を聞こう。反論があるなら出したまえ」

ナターシャはそわそわと体を動かした。「そんな……。反論なんか出せるわけがないでしょう？　ごもっともでございます、としか言いようがないわ」

「ご丁重なあいさつ、痛み入ります」ジョーは苦笑しながらつぶやいた。

「ごめんなさい。『ありがとう』と言わなきゃいけなかったわ。心から感謝しているのよ。感謝してないみたいに聞こえたんだったら、おわびします」

ジョーは顔をほころばせた。「そこで相談なんだが、契約をもう一つ結んではどうだろう」

「どんな?」

「ここ当分の間、黙って僕の言うとおりにしてほしいんだ。僕の援助を好まない君の気持ちはわかるが、どう見ても、形勢は君に不利だよ、ナターシャ。さっき取り決めたように、我々はもうすぐ夫婦になり、しかも君は何カ月かベッドで過ごさなければならない体だ。ここは一つ、我慢して口答えをやめてくれないか。いいだろう?」

「わかったわ」ナターシャは降参のため息をついた。

ジェームズは翌日も往診に来た。聴診器で胎児の心音を調べてから、彼は顔を上げてほほ笑んだ。「太鼓の音みたいにはっきり聞こえる。大丈夫、坊やは元気だよ」

「あら、女の子かもしれないのに」彼女は言った。

そこへジョーが、「ここには、女性差別主義者がいるのかい?」と言いながら部屋に入って来た。

「悪い、悪い、今、ぴしゃりとおしおきを受けたところさ」ジェームズは苦笑した。

「ところで、我々は近く結婚するんだが、ナターシャを一時間ほど外に連れ出しても構わんかね?」

「一時間だけならな。そして、なるべく椅子に座らせておいてくれ。で、式には招待してくれるんだろうな?」驚きも好奇心も見せずにあっさりと言うジェームズを見て、ナターシャは今まで以上にこの医師が好きになった。

「もちろんだとも。しかし、結婚祝いにトースターなんぞはいらんからな」

「では、洗濯ロープでもプレゼントするか」ジェームズは往診かばんの蓋《ふた》を閉めて立ち上がった。

「何をくれるって?」笑いながらジョーがたずねた。

「洗濯ロープ。役に立つぞ。ナターシャをベッドにくくりつけておくこともできるし、子どもが生まれたら、おむつを干すのに毎日使うようになる」

「おむつ!」ジョーは顔をしかめた。

「赤ん坊はおむつをするものと相場が決まってるのさ、なあ、ナターシャ? 見ろよ、おむつと聞いて、ジョーは急におじ気づいたような顔をしてるぞ」

「そんなことはない」

「どうかな。だが、今に自分からおむつを取り替えるようになるのさ」

「助けてくれよ、ナターシャ」ジョーは笑いながら言った。「僕も少しはものわかった男のつもりだが、ものにも限度がある。悪いが、おむつの交換だけはかんべんしてもらいたいね」

「覚えておくわ」ナターシャも笑いながら答えた。

「それで、式はいつなんだ?」帰り支度をすませたジェームズが言うと、ジョーは彼を見送るために立ち上がった。

「たった今、式の予約をして来たところだ。来週の火曜日、役所で簡単にすませる。時間は十一時十五分。都合がつくとわかったら、連絡してくれ」

「どんなことをしても都合をつける。ジョー・ファラルがついに首かせをはめられる図を見逃す手はない」

「勝手に好きなことを言ってろ。自分は結婚したくたって相手がいないくせに」

軽口をたたき合う二人の声が階下に降りていったが、ナターシャはもう聞いていなかった。あまりにも無造作に告げられた式の日取りのことで、彼女の頭はいっぱいだったのだ。

結婚を承諾するということと、結婚式の手はずがすべて整ったと知らされることとは、完全に別だ。それを、あんな形で平然と言われてみて、ナターシャはまた一つ幻想を捨てなければいけないと思った。

役所で簡単にすませる？　仕事のスケジュールがちょうどその時間帯だけ空いていたからに違いない。細々と書き込まれたジョーの予定表が目に見えるようだった。『十一時十五分＝結婚式、正午＝昼食、三時＝役員会……』

ナターシャは小指の先を口にくわえ、顔をしかめながら指先をかんだ。別に、ロマンチックな言葉や赤いばらの花束を添えて知らせてほしかったわけではない。だが、ジェームズに予定を教えたときのあの口調は、まるでおもしろくもない雑用について話しているかのような感じだった。彼女はジョーがあのとき、自分の方には目もくれずにしゃべっていたことを思い出した。そう、ジェームズに質問されたから答えたのだ。もしジェームズがたずねなかったら、ジョーは式の当日の朝まで、すっかり忘れていたに違いない。そして、朝食の席で言うのだろう――そうそう、結婚式は今日だよ。十一時十五分。いいね？

階段を上って来る足音に続いて、ジョーが戸口から顔をのぞかせた。「さっき言ったとおりの事情だ。いいかい？」軽くほほ笑んで言った。

「ええ、結構よ」それ以外に返事のしようがあるだろうか？　ジョーはちょっといぶかしげに彼女を見つめたが、結局そのままドアを閉めて立ち去った。返事を言葉どおりに彼は受け取ったのだろうとナターシャは思った。あるいは、返事などどうでもよく、単に礼儀としてたずねただけかもしれない。

ナターシャは翌日、ナイジェルに電話をかけた。病気でしばらく欠勤する旨は既にジョーから彼に連絡してあるが、仕事を辞めると決めた以上、早く知らせて後任者を見つけてもらわないと彼に申し訳ないと思ったのだ。

「具合はどうだい？」ナイジェルは陽気にたずねた。

「ずっと良くなりました。あのう……」

「それを聞いて安心したよ。君がいないものだから、こっちは一人できりきり舞いさ。いつから出社できる？」ナターシャはおっかなびっくり事情を説明し始めたが、途中でさえぎられてしまった。「え？　何をするって？」

「ですから、結婚するんです」真っ赤になっている顔を見られずにすむのが、せめてもの幸いだった。

「相手は？」ナターシャが答えると、鼓膜も破れそうな声が返ってきた。「ジョー・ファラル？　ジョー・ファラルと結婚？　たまげたなあ、あの男が結婚するなんて。君の青い瞳が奇跡を生んだって訳だ。まずは、おめでとうと言っておこう」

「ありがとうございます」儀礼的に彼女は言った。

一、二秒後、受話器は再びナイジェルの声を運んできた。「君のためには、それがいちばんかもしれんな。今まで、よく頑張って来たものだ。しかし、この先どうするんだろうと思って、案じていたんだよ。ところで、今はどこにいるんだ？」

「ジョーの家です」

「なるほど。どおりで、見舞いに行ってもアパートにいなかったわけだ。で、式はいつ」

「来週の火曜です」

「参列しちゃあいけないかい？」

「とんでもない。ぜひ、いらしてください」ジョーがどんな反応を見せるだろうかと思いながら、ナターシャは答えた。だが、手続きだけの簡単な式とはいえ、知人がそばにいてくれた方が心強い。

ナイジェルを招待したと聞かされると、ジョーは露骨にいやな顔をした。「あんな男を?」

「すごく親切な人よ……場合によっては」

「場合によっては、底抜けのうつけ者だ。こっちの場合の方がほとんどだね」そっけなく言ってから、彼は続けた。「ほかには誰を招待したい?」

「誰も」ナターシャは灰色の目がじっと自分を見つめているのを感じた。ジョーが何を考えているのか、彼女にはわからなかった。ずいぶん友人の少ない娘だとでも? 確かにそのとおりだ。寄せては返す波のように、絶えず人が動いているこのロンドンでは、友人を作ることができなかった。

「ご家族には本当に来てもらいたくないんだね? きっと、あとでがっかりなさると思うが」

ナターシャはため息をついた。「私もそう思うわ。でも、こんなに大急ぎで結婚するなんて知らせたら、もっと面倒なことになるんですもの。それより、既成事実を作ってから連絡した方が、あれこれ言われる度合いも少なくてすむわ」

「やはり、いろいろ言われるんだろうか?」

ナターシャはうなずいた。「それは確かよ。私がしゃべり終わらないうちに、母は質問攻めを始めるでしょうよ。そして、結婚式までに整えるべき嫁入り支度を並べ立てるんだわ。そこで私が、そんな悠長なことをしている暇はないって言おうものなら、その理由を知りたがるでしょうね」

「しかしナターシャ、いずれはその理由を話さなければならないんだよ」

「わかってるわ。でも、結婚式がすんでしまってから知らせる方が、みんなのためになると思うの。心にもない笑顔で式に参列するなんて、家族も本意じゃないでしょうし」

ジョーはしばらく考え込んだあと、「なるほど、君の言い分ももっともだ」と言った。

電話のベルが鳴ったので、ジョーは階下に降りて行った。

やがてナターシャは、「ララ!」と叫ぶジョーのうれしそうな声を聞いた。胸のどこかに奇妙な痛みが走った。心が傷ついたからでも、ねたましく思ったからでもない、ジョーとララ・ブレナンの幸せを踏みにじろうとしているための良心のうずきだ、と彼女は自分に言い聞かせた。

ジョーからララとの関係を聞かされたとき、何があったにせよ、それは過去のことだというような印象をナターシャは受けていた。ジョーの口調で、なんとなくそう思ってしまったのだが、今のうれしそうな声からすると、あれは早合点だったようだ。現に二人は今も頻繁に会っているし、二人がキスし、親密そうに語り合っている現場もナターシャは見ている。

「つまらんことを言わないでくれよ、ララ」笑いながら言うジョーの声を聞いて、ナターシャは下唇をかみしめ、あふれ出した涙と懸命に闘った。やがて受話器を置いて階段を上がって来る気配がしたので、彼女は急いで涙をぬぐい去った。

ジョーはナターシャの明るい笑顔にはだまされなかった。

鋭い視線で彼女を見つめ、ジョーは「どこか気分でも悪いのか?」とたずねた。

「いいえ」彼女は陽気な声で言った。「電話はどこからだったの?」

「なぜそんなことを聞く?」さらに鋭く彼は言った。

「別に。ちょっと聞いてみたかっただけよ」

「君にかかってきた電話ではないよ」そう言われてナターシャは目を丸くした。「あてがはずれて、おあいにくだな。君は何を期待しているんだ。ポーターが、やっぱり君なしでは生きられないと悟って、君を迎えに来てくれることか?」

「違うわ!」マイクの名前を口にしたジョーに対して、急に腹が立ってきた。つらい日々の記憶につながるその名前を、ナターシャはようやく忘れ始めたところだった。忘れるのは容易なことではなく、初めのころは、見るもの聞くものがマイクを思い出させた。日が経つうちに思い出す回数が減り、最近になって、めったに思い出さなくなっていたのだ。

『会わずにいると、かえって思いは募《つの》る』という格言は、あてにならない。『決心は愛をも根絶やしにできる』『愛は植木と同じで、きちんと手入れしないと枯れてしまう』の方が当たっているようだ。どれも、子どものころから両親にたたき込まれた格言だ。あの、思いがけない一夜だけは、どういうはずみか忘れてしまっていたが、マイクを忘れるには、両親に教えられた数々の金言、格言を思い起こすことが大いに役に立ってくれた。マイクを忘れようと決心することで、しだいに忘れることができるようになっていた。

ジョーが再び話し始めた。「もしポーターが本当に君を愛しているのなら……」

「マイクの話はしたくないわ！」

「しかし君は、今だって一人のときはいつも彼のことを考えている。僕が気づいていないとでも思ってたのか？　君がどうごまかそうと、顔を見ればわかることだ。君はどうして事実に目を向けられないんだ？　ポーターは母親に逆らってまで結婚したいと思うほどには君を愛していなかった。あの男のことを思って白昼夢にふけったって、時間の浪費だ」

「私、そんな白昼夢にふけったりしていないわ！」ジョーの言葉に深く傷ついたナターシャは苦々しく言い返した。

「じゃあ、さっきの悲しそうな顔はなんだ？」

ナターシャはしょんぼりと頭を垂れた。本当のことは言えないし、顔の表情から本当の気持ちを読み取られてしまうのが怖かったからだ。しかし、〝本当の気持ち〟の実体については、彼女自身、よくわからなかった。さっき、胸に痛みが走ったのは事実だが、納得できる原因が思い浮かばない。ジョーが別の女性と笑いながら親密そうにしゃべっていたからといって、自分にはなんの関係もないはずなのに……。

ジョーは歩み寄り、ベッドに腰かけると片手をナターシャの顎にかけて上を向かせた。断固とした意志は感じられたが、乱暴ではなく優しい手だった。それでもナターシャは叫んでしまった。「やめて。手を離して！」

ジョーの目に怒りの火花が散った。彼はナターシャの顔を乱暴に引き寄せ、荒々しいキスの攻撃を始めた。ナターシャは息をとめられそうになり、苦しくてもがいた。ジョーは、わざと苦しませているのだということが、彼女にはわかっていた。罰を加えているつもりなのだろう。もがけばもがくほど、ジョーの怒りは激しくなった。彼は両手でナターシャの顔をはさみ上げ、無慈悲なキスを続けていた。痛さと怒りのあまり、ナターシャは自分でも思ってみなかったほどの力を出すことに成功し、両手で彼の体を押しやりながら首をよじった。

ジョーが急に手を放したので、ナターシャは枕の上にあお向けに倒れた。肩で息をしながら、痛めつけられた唇に手を当てるナターシャを、鋭い灰色の目が見つめた。突然ジョーは立ち上がり、窓に歩み寄った。荒々しい呼吸に上下する彼の後ろ姿を、ナターシャは震えながら見つめていた。

「二度と……もう二度と私に……手を触れないで。絶対に」ナターシャはかすれた声でつぶやくように言った。

ジョーは返事をせず、身動きさえしなかった。両手で窓の枠をつかんで長い間立ちつくしていたジョーは、やがて向き直り、無言のまま、ナターシャには目もくれずに部屋から出て行った。

9

その翌日やって来たルーシー・トラスコットを、ナターシャは一目で好きになった。ルーシーの顔は笑っていないときでも常にほほ笑んでいるように見えた。彼女の温かい目は、あらゆる人やものに興味を持った。少女のように小柄な体で、ルーシーは機敏に家の中を動き回った。ベッドから出られない病人に外の世界の動きを教えるのが自分の使命だと思ったらしく、暇さえあればナターシャにいろんな話を聞かせてくれた。

「紅茶はいかが？　外で道路工事をやっているのよ。ほら、電気ドリルの音がしてるでしょう？　いやだわ、頭が痛くなりそう。三十四番地の家では玄関の塗り替えをやってるわ。それが、こともあろうに、みっともないピンク色なの。私、ペンキ屋に言ってやったの。この色、なんのつもりかってね。紫水晶《アメジスト》の色だって言うのよ、紫水晶《アメジスト》！　ひどい話だわ。おいしそうな平目を買って来たんだけど、お昼にいかが？　マッシュルームソースをかけて、いただきましょうよ。ミルクとお魚はお腹の赤ちゃんにいいのよ」そうしてしゃべっている間にも、ルーシーはベッドの回りをちょこまかと動いて上掛けの位置を直し、床に落ちた雑誌を拾い上げ、カーテンのひだを整えた。

妊婦への思いやりを示されてほんのり頬を染めながら、ナターシャは「平日は好物です。ありがとう」と言ったが、ルーシーはもうドアめがけて走り出していた。

「電話が鳴ってるわ」とんとんと階段を駆け降りて行く足音を聞きながら、ナターシャは困ったようにほほ笑んでいた。そばにいてもらえてうれしいという気持ちが、うまく伝わっただろうか。ルーシーのおしゃべりの洪水をせきとめるのは容易なことではなかったし、内気なナターシャは初対面の相手の前で自然な笑顔を作るのも得手ではなかった。

ルーシーが戻って来た。「ジョーからだったわ」

「あのう……何か？」

「あなたのことを心配してかけてきたの。元気よって言っておいたわ。ジョーも心配性ねえ。子どものころから、ちっとも変わってないんだから」額にかかったきれいな白髪をかき上げながらルーシーは言った。「完全主義者で、しかも夢想家。もっとナターシャを信頼しなさいって言ってやったわ」

ルーシーが去ったあと、ナターシャは当惑に眉を寄せた。信頼？　夢想家？　ジョーにはそぐわない言葉のような気がする。自分は夢想家だと言われてもしかたがないが、あのジョーが？

結婚式当日の朝、ルーシーがいそいそとナターシャの着付けを手伝っているとき、玄関のドアにノックの音が聞こえた。ノックというよりは、こぶしでドアを打ち破ろうとでもしているような音だった。ルーシーは目を丸くしながら言った。「なんの騒ぎかしら、この忙しいときに。誰かが、わざと私を困らせようとしてるみたいだわ」

「まさか」ナターシャは気分の悪さを隠してほほ笑んだ。

何日ぶりかでベッドを出てみると、足に力が入らず、クリーム色のワンピースを着せてもらっている間だけ立っているのも、必死の思いだった。このワンピースは妥協の産物だった。結婚式なんだから、白を着てどこが悪い、とジョーは言った。白は絶対にいやだとナターシャは頑張った。そこで、手持ちのドレスの中では、いちばん白に近い、このクリーム色が選び出されたのだった。

玄関ホールの声が階段を伝わって聞こえてきた。ルーシーは小首をかしげてそれに聞き入った。「誰かしら、ひどく怒ってるみたいだわ」振り向いたルーシーは、ナターシャが真っ青な顔で鏡台の端につかまっているのに気づいて跳び上がった。「まあ、どうしましょう。早く、さあ早くここにおかけなさいな。しっかりするのよ、ナターシャ」

ルーシーに抱えられるようにして、ナターシャはベッド脇の小さな椅子に座った。マイクの声だ。ジョーに向かって、何をわめき散らしているのだろう。マイクがなぜ、この家へ来たのだろう。

ルーシーは階下をのぞきに行きたい好奇心でむずむずしながらも、やはり病人のことが心配らしく、青ざめたナターシャの横にかがみ込んで、氷のように冷たくなった手をさすってくれていた。

何か重い物が床に倒れるような大きな音がした。続いて、床をひきずるような鈍い音。そして、玄関のドアが地響きを立てて閉まった。

ルーシーはさっそく腰を浮かせた。「やれやれ、助かったわ。お医者様を呼んで来ましょうか?」

「いいえ、もう大丈夫です」

「だって、まだ顔色が……」

「本当に、もう治りましたから」今だけはおしゃべりをやめていてほしいとナターシャは思った。下は急に静かになってしまった。どうしたのだろう。マイクは帰ったのだろうか。

「外出なんかして、体に障らないかしら。もう少し体に力が付くまで、式を延期したらどう?」

「大丈夫です。ほんのちょっと気分が悪くなっただけなんです。ジョーには黙っていてくださいね、心配させるだけですから」ナターシャは式が延期になることを恐れた。また何日も待つことにでもなれば、せっかくの覚悟が鈍ってしまいそうだった。どうせ式を挙げなければならないのなら、早くすませてしまった方がいい。

部屋に入って来たジョーは、地味なスーツに白いワイシャツ、ワイン色のネクタイといういで立ちだった。ふだん会社に行くときの服装と大差ない。彼といい自分といい、今から結婚式を挙げに行くのだと言っても、人には信じてもらえないだろう。まるで茶番だ、趣味の悪いどたばた喜劇だとナターシャは思った。

「用意はできた？」ジョーは横目でナターシャを見ながらたずねた。

「ええ」

「さっきの騒ぎは、いったいなんなの？」

たずねたルーシーに、ジョーはそっけなく言った。「たいしたことじゃないですよ」

「第三次世界大戦が起こったのかと思ったわ」ルーシーは好奇心を隠そうともしなかった。

「そうですか」と言っただけでジョーはその話題を終わりにし、ナターシャの肘に下から手を当てて支えた。「歩けるかい？」

「もちろんよ」まだ青ざめたままの顔をうつむいて隠しながらナターシャは言った。〝たいしたことじゃない〟というのは、どういう意味だろう。マイクはなんの用があって来たのか。マイクとジョーの間に、何があったのか。たずねたいことは山ほどあったが、満足そうに二人を眺めているルーシーの前では質問することもできなかった。

「二人共、すてきな花嫁花むこさんだわ」とルーシーに言われ、ナターシャは胸にナイフを突き立てられたような気持ちになった。思わず顔を上げると、ジョーのなぞめいた無表情な視線が彼女を見おろしていた。

ナターシャがあれほど恐れおののいていた結婚式は、始まったと思う間もなく終わってしまい、彼女は訳がわからないうちに、ジョーの運転する車に乗ってもと来た道を引き返していた。ごく少数の参列者も、何台かの車に分乗して、ジョーの家に向かっていた。ナターシャの左手には金の結婚指輪がはまっている。たとえ短い期間とはいえ、ジョーの妻になったという証拠だ。しかし、どうしても実感はわかなかった。

ジョーはまっすぐ前を見つめてハンドルを握っている。その片手の甲に擦り傷を認めて、ナターシャは眉を寄せた。「その手、どうしたの？」

「どうもしない」

「擦り傷があるじゃないの。まあ、そっちの手にも。何があったの？」ナターシャはしだいに不安になった。「マイクでしょう？　ねえ、何があったの？」

ジョーの頰がけいれんするように動いた。「ポーターは君に会いたいと言った」

「まあ……。なぜ？」

「君は、なぜだと思う？」そう言うなり彼は急にアクセルを踏み、タイヤの音をきしませながらカーブを曲がった。歩行者が驚いて振り向いている。

「もっとゆっくり走って」怖くなって訴えたナターシャをジョーはじろりとにらんだが、それでも少しスピードを落としてくれた。ジョーは怒っているらしい。なぜだろう。彼を怒らせるようなことをマイクが言ったのだろうか。「マイクは何を言ったの？」

「もうすんだことだ。僕が追い返してやった。もう二度と来ないだろう」一方的な通告には違いなかったが、それにも増して、文句があるなら言ってみろとけしかけているような挑戦的な声だった。

「会うかどうかは私が決めることだわ。勝手に追い返すなんて、どういうつもり？ そんなことをする権利がどこにあるの？ 彼はあなたじゃなく、私に会いに来たのよ。まず、私にたずねるべき……」

「たずねたら、どんな良いことがあったんだ？ 君自身、もうすんだことだ、彼とは結婚できないって言ってたはずだ。会って、よけいな気をもめば、体にも良くない」

「だから、会うか会わないかは私が……」

「君のためにいちばん良いと思うことをしてやったんだ」彼は家の前で車をとめ、やおらナターシャの方に体を向けた。「ポーターのことは忘れろ。君はもうあと戻りできないということを、そろそろ自覚してもいいはずだ。あの男が今さら何をどう後悔しようが、自業自得じゃないか。あんな男のことは、頭の中から追い出してしまうんだ」

「いちいち命令しないで！」ナターシャの青白い頬は朱に染まり、青い目は涙で異様に光っていた。「私はあなたの持ち物じゃないし、もう子どもでもないわ。ちゃんとした大人の女よ」

「それには少々議論の余地がありそうだ」ジョーは固い微笑と共に言った。

後続の車が次々に到着し始めた。ジョーに助けられて車を降りるナターシャは、多少は幸せな花嫁に見えるように笑顔を取り繕った。しかし、それは容易なことではなく、乾杯のシャンペンを飲み終わったところでジェームズからベッドに戻るように言われたとき、ナターシャは少しも残念に思わなかった。

久しぶりの外出で疲れ切ったナターシャは宵の口から眠り込んでしまった。目が覚めたのは夜中だった。苦しい夢にうなされて目が覚めたのだった。全身が汗ばんで震えていた。激しい息をしながらぼんやりと闇《やみ》の中を見つめていた彼女は、恐怖に息をのんで目を見開いた。部屋の中に誰かがいる。押し殺した悲鳴を上げたとき、ベッド脇のスタンドの明かりがつき、心配そうなジョーの顔を浮かび上がらせた。

「大声で何を叫んでいたんだ？　怖い夢でも見たのかい？」

ナターシャはベッドの上に体を起こした。「ええ、そうだと思うわ」安堵《あんど》のため息がもれた。背筋の冷たくなるような夢を見たあと、誰かがそばにいてくれるのは、非常に心丈夫だった。

「なんの夢を見ていた？」

ナターシャは眉を寄せた。怖くてたまらず、一人で助けを求めていたことだけは記憶にあるが、どんな夢だったか、どうしても思い出せない。

「話してごらん」ジョーはベッドに腰かけ、彼女の冷たい両手を取りながら促した。

「思い出せないの」

「思い出したくないのかもしれないな」

「そうかもしれないわね」ナターシャはかすかな微笑をたたえて言ったあと、急にジョーの存在が気になり始めた。「もう大丈夫よ、ありがとう」

二人の視線が合った。ジョーの顔に冷笑が浮かんだ。「だったら、もう震えなくてもいいだろうに。僕がいる限り、何も心配はいらないんだから」

「震えてなんか……震えていたとしたら、寒さのせいだわ」大きな襟ぐりのピンクのネグリジェは、寝ている間に肩をずり落ち、胸の膨らみの上でかろうじてとまっていた。ジョーの視線がそこへ下りていくのに気づき、ナターシャは手を振りほどいて胸を隠そうとしたが、彼はそれを許さなかった。

「君は妊娠してから、かえってきれいになったよ。肌がすべすべして、絹のようだ」暗い微笑と共に、ジョーは言った。そして、ようやく手を放したと思ったのもつかの間、彼はナターシャのむき出しの肩を自分の温かい手で包み込むようにした。彼の指先が静かに肩をさすっている間、ナターシャは口をつぐみ、目を伏せてじっとしていた。ひどく気恥ずかしいような、怖いような、それでいて、彼の手を払いのけたいという気にもなれなかった。

ジョーがにじり寄る気配に、ナターシャははっと顔を上げた。彼は測り知れないなぞめいた表情でナターシャを見据えていた。彼の指が肩をおりて胸の膨らみにかかったとき、ナターシャは本能的に片手を上げて胸をかばおうとした。しかし、ジョーは無言でそれを払いのけ、脇へ押しやってしまった。柔らかい肌を静かに愛撫《あいぶ》する彼の指先の動きを、ナターシャは痛いほど意識していた。

「怖がることはないんだよ……」ジョーが、かすれた声でささやいた。「僕に体を触らせたいという欲求を、怖がったり、後ろめたく思ったりする必要はない。人間として、当然のことなんだからね。触ってほしいんだろう?」

「いいえ」ナターシャは自動的に答えた。「触ってほしくなんかないわ」

「うそつきめ」と言って、彼は低く笑った。「僕がわからないとでも思うのか?」その声もまた、興奮にうわずっていた。彼は荒々しい呼吸をしながら体を乗り出して来た。ナターシャは、うなじに熱い唇を感じた。その唇が、のどの回りをゆっくりと動いていく。

全身が震えるような高ぶりを感じて、ナターシャは息をのんだ。〝やめて〟と叫びたかったが、声は出なかった。体がそうさせなかったのだ。目を閉じた彼女の顔はがっくりとのけぞった。初めて会った夜に感じた、あの熱い快感が、理性のきずなを断ち切って荒れ狂っていた。〝誘惑に身を任せてはいけない〟〝自分の弱さに打ち勝たなくてはいけない〟と、彼女は子どものときから教え込まれてきた。だが、ジョーの攻撃の前では、それを思い出すこともむずかしく、なぜ思い出さなければならないかさえ、既に彼女にはわからなくなっていた。

　ジョーの激しい息が唇に迫ってきたとき、ナターシャは彼の太い首にしがみついてキスを受け入れ、抵抗もためらいもなく自らも情熱的なキスを返した。どくどくと音を立てている彼の頸動脈《けい》の震動が、手のひらに直接伝わってくる。たくましい腕の中で、ナターシャはしなやかな体をくねらせ、のけぞり、あえいだ。ジョーの息づかいもますます荒くなった。彼女の唇から、もどかしげな低いうめき声がもれた次の瞬間、ジョーはナターシャの体を突き放してベッドの横に降り立った。

「だめだ」彼は歯を食いしばりながら言った。ナターシャはぐったりと横たわり、震える吐息をはきながらぼんやりとジョーを見つめていた。熱に浮かされたかのように、頭がもうろうとしていた。「ジェームズにとめられている。母体と子どもを守りたければ、ベッドを共にしてはいけないというんだ」

　ナターシャは、ほてった全身がすっと冷たくなっていくのを感じた。激しい自己嫌悪にかられ、彼女は顔を背けた。

「やめろ！　ナターシャ、何を恥ずかしがることがある？　我々は正式な夫婦だ。夫が妻の体を求めてどこが悪いんだ。そして、君も同じことを望んだからといって、誰も君に後ろ指を差したりはしない。もう、罪の意識を感じる必要はどこにもないんだ」

「そうかしら？」吐き捨てるようにナターシャは言った。「あなたは、私の指に結婚指輪をはめただけで私を所有できると思ってるの？　とんでもない。法律とか戸籍の問題じゃなく、もっと重要な問題があるのに、あなたは少しもわかっていないんだわ」

「しかし、たった今、君は僕を求めていたじゃないか。違うとは言わせないぞ」

悔しさと恥ずかしさで、ナターシャは気分が悪くなった。確かにそのとおりだった。

「でも、愛と……肉欲とは別物だわ」

「さっきのは肉欲なんかじゃない！　そんな言葉を使ってはいけないよ、ナターシャ」

「じゃあ、なんだったの？　少なくとも愛ではなかったわ。私たち、愛し合ってはいないもの」

「それは……」ジョーは一瞬口ごもり、すぐに早口で言い直した。「それは、自然な欲求だよ、ナターシャ。肉欲は、心の通わないおぞましい行為だ。そんなものと混同してはいけない。君は美しい女性だ。美しいものを求めてやまない気持ちは、人間としてごく自然の感情だよ」

「求めるものなら勝手に奪ってもいいの？　そんな法はないわ」

「どうも君の頭は混乱しているらしい」ジョーはおかしそうに言った。「もう一度頭を冷やして、よく考えてごらん。ただし、頼むから僕がそばに寄っただけで神経質におびえるのだけはやめてくれないか。あんな顔をされると、つい手を出さずにはいられなくなる。さっきのことだって、もとはと言えば君が悪いんだぞ」そう言ったあと、彼は黒い絹のガウンのすそをひるがえしてドアに歩み寄った。「もう怖い夢を見ずに眠れそうかな?」

「ええ。どうもありがとう」というナターシャの返事を聞いて、ジョーは静かに自分の寝室へ戻って行った。だが、ナターシャがスタンドの明かりを消して再び眠りに就いたのは、それからずいぶん時間が経ってからだった。

数日後、ジョーが唐突にたずねた。「結婚したこと、ご家族に知らせたのか?」ナターシャは首を横に振った。まだ、手紙を書くだけの勇気がなかったのだ。「いずれは知らせなければいけないんだよ」

ナターシャはため息をついた。「わかってるわ。でも、結婚したなんて手紙を読んだら、家族はいったい何がどうなってるんだって言って、取るものも取りあえずやって来るに決まってるんですもの」

ジョーはほほ笑んだ。「しようのない子だなあ。遅かれ早かれ、結婚のことも赤ん坊のことも、ご家族にはわかってしまうんだ。先へ延ばせば延ばすほど、ますますやっかいなことになるんだよ」

「そうね」

「気分の良い日にでも、実家まで車で連れて行ってあげようか?」

魅力的な提案だったが、ナターシャはきっぱりとかぶりを振った。長い黒髪が彼女の頰をなでた。「自分のことは自分でしなくちゃ」

ジョーは肩をすくめ、考え込むように彼女を見つめた。「この家へご招待したいと、手紙に書いておいてくれ。僕もご家族にはぜひお目にかかりたい」

「もし本物の夫婦になったのなら、もちろん……」

「本物だとも！　結婚証明書もあるし、君の手には結婚指輪がはまっている。おまけに君は僕の子どもを産もうとしているんじゃないか。これ以上、どうしろって言うんだ？」ジョーはなじった。

「言葉の揚げ足を取らないでよ。私の言う意味は、ちゃんとわかっているくせに」

「さっぱりわからないし、君自身がわかっているとも思わないね。女っていう生き物はたいがいそうだが、君も自分勝手な思い込みばかりしている。そのかわいらしいおつむの中にどんな考えがつまっているのか、見当もつかないよ。いずれにせよ、どうせ支離滅裂な考えだろうがね」

ジョーが一気にしゃべり終えると、ナターシャは大きく息を吸い込んでから憤然として言った。「私、そんなに気に障るようなことを言った？　私が支離滅裂なら、あなたはいったいなんなのよ」

ジョーは少し後悔したような苦笑いを見せた。「すまない。僕は人に理解してもらえない哀れな男さ。あまりじれったくて、ときどき人にかみついてしまう」

「今がそうだったわ」笑いながら彼女は言った。

「今なんか、怒ったうちにも入らない。僕がかんしゃくを爆発させたところを見せてやりたいよ」

「ご遠慮しておくわ。今までに、もうたっぷり見せていただいたから」

ジョーの顔がさらにほころんだ。「いやいや、あれだって、ものの数にも入らない。だから、いい子にしてなきゃだめだよ、お嬢ちゃん」

こんなふうにほほ笑んでいるときのジョーにはすごく好感が持てる、とナターシャは思った。彼を夫として家族に紹介する場面を想像すると、奇妙な誇らしさが胸に込み上げてきた。マイクを連れて行ったときとは、まるで違った場面になることだろう。家族はマイクに好意を持ってくれたが、今回はみんなで目を回してしまうかもしれない。特に、ぽかんと口を開けたまま感嘆の声も出ないだろうリンダの顔を想像するのは、まんざら不愉快でもなかった。

ナターシャは上目づかいにそっとジョーの顔を見つめた。形良く盛り上がった頬骨のあたりに、秋の日が当たって日焼けした肌を輝かせている。ちょっと指で触ってみたいような衝動が彼女の中を走った。たとえ便宜上の夫婦だとしても、指の先で、あの頬や顎のあたりを触るぐらいは許されるだろう。

「じゃあ、すぐに手紙を書くんだね?」とたずねたジョーの口もとを、彼女はうっとりと見つめていた。本当に男らしい、そしてセクシーな口もとだ。「ナターシャ、また昼間っから夢を見ているのか?」

ナターシャは、なおも彼の唇に未練を残しながら、しぶしぶ視線を合わせた。彼の目は笑っていた。

「ごめんなさい。ええ、すぐに書くわ。本当に家族を招いてもいいの?」

「もちろんだ。僕は早くに両親を亡くし、兄弟もいない。家族の味というものを知らないんだよ。だから、ぜひお目にかかりたい」

「うちの家族なんて、ごく普通の人たちよ」

「何も、頭が三つもある人たちを連れて来てくれとは言ってない」

ナターシャは吹き出した。「私は、そんな……」

「わかってるよ」楽しそうにうなずくジョーを見ているうちに、ナターシャはジョーと家族とがお互いに好意を持ってくれればいいと思っている自分に気づいた。これまで考えたこともなかったのだが、なぜかそれが非常に重要なことのように思えるのだった。まるで、その思いが伝わったかのように、彼は真顔で言った。「心配はいらないよ。君はご家族を愛してるし、ご家族も君を愛しておられるんだろう?」

「ええ」

「それなら、今度のこともきっと理解して君を許してくださるよ」

いざ手紙を書こうとすると、ナターシャはまたもや不安になった。果たして理解し、許してくれるだろうか。長い時間をかけ、何度も書き直しながら、彼女は最も適切だと思われる表現を探し、結局、正直に書くのがいちばんだと悟った。

あとで部屋に入って来たジョーは、ベッドの上一面に散らばった書き損じの紙くずを見て苦笑した。

「ずいぶん悪戦苦闘したようだな」

顔をしかめながらナターシャも笑った。「ええ」

「で、もう投函してもいいんだね？」彼は手紙の入った封筒を手のひらに載せ、重さを試すように手を上下に動かしながらたずねた。

「いいわ」と言いながらも、手紙を読む家族の顔を思って、ナターシャは早くも気もそぞろになっていた。もし今すぐ投函してもらわなければ、手紙を奪い返して破ってしまいそうだ。「お願い、ポストに……」彼女はかすかな声で言った。

ジョーは一瞬素早い視線を投げてから歩み寄り、腰をかがめてナターシャの額に軽く唇を当てた。まるで大人が子どもに与えるようなキスだった。ナターシャは恥じらいに頰を染めながら、ジョーがきびすを返して部屋から出て行くのを笑顔で見送った。

10

振り向いたジェームズの金髪が日の光を受けてきらりと光った。「一日に一時間ぐらい起きてみたいかい?」あっけに取られたナターシャの顔がよほどおかしかったと見え、彼は笑い出した。

「あの……ほんとに起きてもいいんですか?」

「いい子にしてると約束するなら」しかつめらしい顔をしてジェームズは答えた。「服を着て一階に降りてもよろしい。ただし、一日一時間。そして、必ず椅子に腰かけていること。しばらく様子を見て、別に問題がないようなら、起きている時間を徐々に長くしていこう」

「ありがとうございます!」何かすてきな贈り物をもらった子どものように、彼女は息を切らして言った。ジェームズはにこにこしながらそれを眺めている。病人に対して少し口やかましいのが、この医師の欠点だが、今この瞬間、ナターシャは彼に抱きついて感謝したいほどうれしかった。「ベッドに寝ているのが、ほとほといやになっていたんです」彼女が言うと、ジェームズはうなずいた。

「そんなことじゃないかと思っていたよ」

「もう、退屈で退屈で……」

「わかるよ。だが、たまには僕も退屈するくらいベッドに潜ってみたいものだ。夜中でさえ、おちおち寝てはいられないんだからな」

「なんたる悲劇！」大げさに眉をしかめて見せながらジョーが入って来た。「気の毒で気の毒で、この胸がしくしく痛むよ」

「心にもないことを言いおって、この不人情者！　骨身を削って働いて、かけてもらった言葉があれだけだ。なんの因果でこんな商売をやってるのか、自分でもわからんよ」

「聖者だからさ。謙遜《けんそん》していないで、さっさと自分で認めてしまえ」

ジェームズは笑いながらドアに歩み寄った。「ようし、じゃあ今日からはそう思うことにしよう。ナターシャ、忘れるんじゃないよ、一日一時間。そして、興奮は禁物」彼は横目でジョーをにらんでにやりとした。「どんな種類の興奮もだ」

「サディストめ」ジョーは怒ったように言い、帰るジェームズを笑いながら目で見送った。

ジェームズの当てこすりで落ち着かなくなっていたナターシャは、追い討ちをかけるようなことをジョーに言われないうちに自分から話を切り出した。「ジェームズがなんて言ったと思う？　私、今日から一時間ずつベッドを出ていいんですって。じっと座ってなきゃいけないそうだけど」

「よかったじゃないか。ジェームズのやつ、まんざらやぶ医者でもなかったらしい。静かに寝てたおかげで、最近の君はずっと顔色も良くなってきたよ」ジョーは温かい微笑を浮かべながら言った。

「でも、じっとベッドに寝てるって、退屈よ。早く起きて普通の人みたいに動き回りたいわ」

「僕だったら、ベッドで退屈するなんてことは考えられないがね」

思わせぶりな灰色の目を無視してナターシャは言った。「今日は仕事に行かないの?」

「休みを取ることにしたんだ。社長っていうのは、結構な仕事だよ。誰にも指図されずに、好きなことができる」彼は両手をポケットに入れ、ナターシャを見つめた。「君もたまには好きなようにしてみたらどうだね? 小うさぎみたいに縮こまってないで、思いきり羽を伸ばせばいい」気楽な世間話でもするようなこの口調が実はまやかしであることを、ナターシャは見抜いていた。ジョーは、はっきりした目的を持ってしゃべっているのだ。

それには気がつかないふりを装って、彼女は言った。「お許しが出たんだから、さっそく起きてみるわ」

ちょっと無念そうににやりとしたジョーは、「いいだろう」と言うと、ベッドの上掛けをすその方に寄せた。おそるおそる床に降り立ったナターシャが、ぐらりと大きくよろめいたところを、ジョーの力強い腕がしっかりと支えた。彼女は急いで立ち直り、ジョーから顔を背けるようにしてガウンのひもを結んだが、今のほんの一瞬の接触から始まった小刻みな手の震えをとめることはできなかった。その様子を見つめる灰色の目は、なぜ震えているのか知っているぞ、と告げていた。

階段を一段ずつ降りて行く間も、ナターシャは自分を見つめる執拗《しつよう》な視線に悩まされ続けた。すきさえあれば跳びかかろうとしている肉食獣のようだと彼女は思った。だが、あの晩に味わった得体の知れない、狂おしい感覚に再び身を落とすことを、ナターシャは極度に恐れていた。

あの感覚を思い出すたびに、彼女は身もだえしたくなるほどの恥ずかしさと罪の意識にさいなまれた。肉欲などという醜い言葉を使ってはいけないとジョーは言ったが、それ以外の言葉があるだろうか。愛し合う者同士ならいざ知らず、あの当時はまだマイクを愛していたのだから。

居間の心地良い椅子に体を沈めながら、ナターシャは軽いショックを感じた。当時は、まだマイクを愛していた。つまり、今はもう愛していないということだ。自分でも知らないうちに、愛は死んでしまっていた。悲しみと疑問が交互に彼女を襲った。あんなに思いつめていた愛が、何カ月かマイクと離れていただけで、かくももろく消え去ってしまう。愛とはいったい、なんだろう。

「今度は、何を考えてしかめっ面をしているんだ?」いら立ったような声でたずねられ、ナターシャは澄んだ青い目をはっと見開いた。

「しかめっ面なんかしてた? ごめんなさい」

「それでは答えになっていない。君は、いつだってそうだ。話をはぐらかす名人だよ。臆《おく》病《びょう》なんだ、君は」痛烈な口調に、ナターシャは眉を寄せた。「もちろん君は奇妙な勇気の奮い方をする。だがそれはどたん場に立って、どうしようもなくなったときだけだ。ぎりぎりの瀬戸際に追いつめられて、しかたなく事実を正視するだけで、そうじゃない限り、いつも逃げ回ろうとする。手のつけられない臆病者だよ」

「そう?」怒りに頬を染めながらナターシャは言ったが、反論しようとは思わなかった。ジョーの仕かけた言葉のわなにはまる気はなかったからだ。

ジョーは半ば閉じたまぶたの奥からじっとナターシャを見つめた。「君は他人の作った価値観の中でしか、ものを考えられないんだ」

「みんな、そうじゃない? 特に女はそうよ。女とはかくかくしかじかであるから、かくかくしかじかの振る舞いをしなければならないって、耳にたこができるほど聞かされながら育つのよ、子どものときから。いいえ、ゆりかごにいるときから、そうしつけられるんだわ」

「ほら、また話をそらそうとする。僕は、君の抱いている罪の意識のことを言ってるんだ。

君は我々がこうなったことを朝から晩まで後悔し、罪の意識に責められている。しかも、それを克服する努力さえせずに、宝物のように罪の意識をいつくしんでいるんだ」

「いつくしんでなんか、いないわ！　できることなら忘れたいと思っているわよ」

「それみろ、とうとう自分の気持ちを白状した」小気味よさそうにジョーは言い放った。

「隠してたつもりはないわ。私は罪の意識を持っています。これを言わせたかったの？　いいわ、何度でも聞かせてあげるわよ。私は罪の意識に責められて、苦しくって苦しくって苦しくってたまらないのよ！」自分の声で耳が痛くなるほど叫んでから、ナターシャは口を閉じて顔を背けた。

背けた彼女の顔の正面に回り込みながら、ジョーは不気味なほど静かな声で言った。

「これからたずねることには、必ず正直に答えてほしい。その罪の意識の原因は、ポーターなのか？　それとも、僕とベッドを共にしたこと自体が悪かったと考えているからなのかね？」

「それに答えたら、何かが変わるの？」

「当たり前だ。ポーターに対してすまないと思っているだけなら、僕にも理解できる。だが、あの晩、自分から進んで僕に体を許したことで自己嫌悪に陥っているとしたら、話はまるで違ってくる」

「そのことは話したくないの」

「知っているとも。君は、僕がこの話をしようとするたびに逃げ回っている」

「知ってるなら、うるさく質問するのをやめてくれればいいでしょうに」

「やめられないからこそ、こうしてたずねているんじゃないか。ポーターに対する君の感情が、さほどのものではなかったとしたら……」

「そんなことないわ！」ナターシャは急いでさえぎった。その先を聞くのが恐ろしいような気がしたのだ。なぜ、そして何が怖いのかは、自分でもわからなかったが……。「私、マイクを愛していたのよ」

「とはいえ、君たちは一度もベッドを共にしなかった」たたみかけるように言われたとたん、ナターシャの心臓は不規則に打ち始めた。「違うかね？」

ナターシャは、じっと脇を向いてうなだれていた。

「どういうことなのか、教えておくれよ、ナターシャ」冷笑を含んだ穏やかな声でジョーは言った。「気も狂わんばかりに愛し合い、しかも結婚式の日取りまで決まっていたなら、どうして……」

「結婚式がすむまでは、と思っていたの」彼女がかすれた声で言うと、ジョーは耳障りな笑い声を上げた。

「たいした自制心だ。しかし、だからと言って君が欲求不満で眠りづらい夜を一晩でも過ごしたとは思えないね。君は平然と待っていた。そうだろう？」

「マイクのことを、あなたとなんかしゃべりたくないわ！」ナターシャは今すぐにも二階に駆け戻りたいと思ったが、座っていてさえ膝が震えている今の状態では、とうてい無理な話だった。

「しかし、図星なんだろう？　君はポーターに対してその種の欲求は持たなかったんだ」ナターシャができる唯一の抵抗は、ひたすら無言を守ることだった。しばらく待ってもナターシャに返事をする意志がないのを見て取ったジョーは、そっけなく言った。「君の奇妙な思い込みによれば、愛とセックスとは完全な別物ということになるらしい。君はポーターを愛していたと言い、彼と結婚して生涯を共にする決心までしていながら、セックスの面では彼に少しも魅力を感じていなかったんだからな」

「そんなこと、あなたに言われる筋合いじゃないわ。なんの根拠があって、そんなこと言うの？」ついにたまりかねて彼女は叫んだ。

「根拠は山ほどある。君は何カ月もポーターと交際し、自分では彼を愛しているつもりでいながら、たまのキス以外は彼に手出しさせなかった。そうだろう？　ところが僕と君は、会って二時間も経たないうちにベッドの中にいた」

ナターシャは髪の生え際まで真っ赤になった自分の顔を両手で隠そうとしたが、ジョーの無慈悲な指先はすぐにそれを払いのけてしまった。

「もう逃げ回るのはやめるんだ。僕は真実を言っているだけだ。真実を早く認めてしまった方が、君のためになるんだよ、ナターシャ」

「真実なものですか！　あなたはすべてをねじまげてるんだわ」

ジョーはゆっくりと首を横に振った。「君を見た瞬間から、僕は君を自分のものにしたくなった。君も同じ気持ちだったはずだ。しらふの状態であれば、君はそんな気持ちを僕からも君自身からも隠し続けたに違いないが、酔っていたために、君を束縛していた禁制のひもがゆるんで素直になれたんだよ」

「お願いだから思い出させないで。私があの日のことを誇らしく感じてるとでも思うの？」

「誇らしくなんか思っていないだろうね。君は死ぬほど後悔し続けているんだ」

「それがわかりながら、どうしていつまでもあのことをほじくり返すの？」

「真実を見極めるためだよ。そして、ついに我々は真実に到達した。君は自分がポーターを愛してなんかいなかったということを、ようやく認めたんだ」

「私、そんなこと言わなかったわ！」

「言わなくたって事実はもう明白だ。心の底からポーターを愛していれば、彼と一つになりたいという願望を抑えられなかったはずだ。しかるに君はそんな願望を抱くことさえしなかった」彼は言葉を切り、音を立てて大きく息を吸い込んだ。「そして君は、この僕を望んだんだ」

ナターシャの体は木の葉のように震えた。彼の言うとおりだった。今まで必死に避けてきたが、それが真実だったのだ。

「君はそのことで自分を恥じているが、これは恥じてもどうしようもない事実なんだよ」と言うジョーの声も、ナターシャの耳にはほとんど入らなかった。たった今、目の前に突きつけられた真実の重みが彼女を押しつぶそうとしていた。彼女はあの晩、ジョーを求め、そして今では彼を愛してしまっていた。

思い出すまいとしていた記憶が一気によみがえってきた。あの灰色の目と、周囲を威圧する男らしさ、女心を誘い込むあの笑顔を見たとき、彼女の中の女性は、乾いた大地が水をほしがるように彼を求めたのだった。頭が知らないことを、血が、体が教えてくれた。彼女は体が命ずるままジョーの胸に抱かれ、翌日からどんな日々が始まるのかも知らずに、めくるめくような時間を過ごした。あれ以来、良心の呵責《かしやく》と罪の意識に責められるあまり、あのときの心の状態を分析することさえしなかったのだ。

「君もいつかは現実を正視しなければいけない」ジョーは静かに言ったが、ナターシャは顔を上げなかった。彼への愛が顔に出てしまうのが怖かった。「罪の意識を捨てるんだ。そして、僕を憎むことも」

「あなたを憎んではいないわ」ナターシャの小さな声を聞いてはっとしたように歩み寄りかけたジョーの足をとめたのは、不意に鳴り出した電話のベルだった。ルーシーは買い物に出かけている。ジョーは悔しそうな低いつぶやきを残して居間を出て行った。

「もしもし？　なんだ、ララか！」

陽気なジョーの声が耳に飛び込んできたとき、ナターシャは胸をえぐられたような痛みを感じて目を閉じた。ララ・ブレナンのことなど忘れてしまっていた。ララのこと、そしてジョーの人生を通り過ぎて行った多くの女性たちのことを忘れていた。

ジョーは笑いながらしゃべっていた。「そりゃ、すごいじゃないか、ダーリン」

初めての体験の中から、今まで予想もしなかった愛の形を見つけて呆然《ぼうぜん》としているのは自分だけだ、とナターシャは苦い思いで悟った。ジョーの方では、全く別の見方をしているに違いない。さっき彼を愛していると気づいたときにも、なぜか罪の意識は消えなかった。その理由に、彼女は初めて思い当たった。ジョーの方では、ひとかけらの愛も感じていないからだ。ナターシャ・ブレアという娘を自分のものにしたいとは思っている。言葉にもはっきり出すし、それ以外のときでも、執拗に見つめる灰色の目がそう語っている。

だが、ジョーは過去にも多くの女性を求め、手に入れ、そして忘れ去って来た男だ。彼の愛人リストの端に名を連ねることだけは、断じて拒否しなければいけないとナターシャは思った。現代社会における殺伐としたセックスの現状を、ジョーは受け入れているのかもしれないが、ナターシャにはできなかった。受け入れることは、人間の感情、いや人間としての尊厳そのものをおとしめることのように思えた。今でさえ全身を切り刻むような自己嫌悪に見舞われているのに、もし再び彼に身を委《ゆだ》ねでもしたら、どんな心の地獄に落ちることか……。

玄関のドアが開く音と共に、ルーシーの声が家の中に入ってきた。電話を終えたらしいジョーに向かって、今日のオレンジの値段はどうとかと話している。相づちを打つジョーの声はそっけないが、ルーシーは気に留めていないらしい。居間のドアを開けたルーシーは、怖いものでも見たように目を丸くした。「ナターシャ！　そんなところで何をしてるの？　本当に、なんて聞き分けのない……」

「一日に一時間ずつ起きてもいいって、ジェームズに言われたんです」

ルーシーの顔が輝いた。「まあ、おめでとう！」

「用事ができて、出かけることになった。帰りは午後になる。ベッドに戻るなら手を貸すよ。もう一時間近く起きているんだからね」ジョーが言った。

ナターシャが答える前に、ルーシーはかいがいしく手を差し出した。「ジョー、あなたはお出かけなさいな。私が二階へ連れて行きます。さあ、ナターシャ、行きましょう。初日から無理をしちゃだめよ」

ジョーは一瞬ためらってから、うなずいて出て行った。エンジンをかけ、全速力で走り去って行く車の音を、ナターシャは泣きたい気持ちで聞いていた。

「さあ、いい子だからベッドに行きましょうね」ルーシーはナターシャの腰に手を回した。

二人が玄関ホールに出て階段へ向かっていたとき、ドアの呼び鈴が鳴った。ルーシーは不機嫌な舌打ちをして、ナターシャをホールの椅子に座らせた。「悪いけど、ここで待ってもらわなくちゃ。誰かしら、こんなときに来るなんて」

ドアを開け、来意をたずねるルーシーの声を、ナターシャはうなだれたままで聞いていた。だが、訪問者がしゃべり始めたとき、彼女はさっと顔を上げた。

「実は僕、ちょっとナタ……」声は急にとぎれた。

振り向いたルーシーは、椅子の背につかまってよろよろと立ち上がったナターシャを見て息をのんだ。

だがナターシャはルーシーの顔を見てはいなかった。その向こうにいるマイク・ポーターの顔を放心したように眺めていたのだ。マイクはルーシーを押しのけるようにして中に入って来た。

「やあ……ナターシャ」しわがれた声で彼は言った。

「こんにちは」と答えたナターシャの声も、どこか調子はずれだった。

「ちょっと話があるんだが……」そう言いながら、マイクはルーシーにちらりと横目をやった。

「ナターシャは今、ベッドに戻るところです」その場の緊張を肌で感じたのか、ルーシーは明らかに敵意のこもった声で宣言した。

「時間は取らせないよ」訴えるようにナターシャの顔を見つめて、マイクは言った。ナターシャはうなずき、おぼつかない足取りで居間に引き返した。二人のあとを、心配そうなルーシーが追って来た。

「ナターシャ、私は……」

「すぐすむわ、ルーシー。約束します」ナターシャは穏やかにさえぎった。不承不承うなずいたルーシーは、ナターシャに「あの……終わったら、お呼びしますから」と言われてからようやく部屋を出て行った。ルーシーの気持ちを表すような鋭い音を立ててドアが閉まったあと、ナターシャはゆっくりと椅子に座った。「あなたもどうぞ、マイク」

言われるままに腰をおろし、座った椅子をほんの少しナターシャの方に近づけるマイクを、ナターシャは非常に奇妙な思いで見つめていた。見かけはどこも変わっていないのに、まるで別人に変わってしまったような印象を受けるのは、なぜだろう。変わったのはマイクではなく、自分の方かもしれない。茶色の髪、温かい茶色の目、健康そうな肌の色。すべて昔のままのマイクだ。それなのに、こうして間近に顔を合わせていても、昔のような感情はわいてこない。やはり、変わったのは自分の方だ。

マイクは両手をそろえて膝頭に置き、彼女と視線を合わせて神経質な笑いを浮かべた。

「体の調子はどうだい？」

「上々よ」実際は上々どころではなかった。万華鏡を反対側からのぞいているような、なんとも不自然な落ち着かない気分だった。

「何度も会いに来たんだが、ファラルが会わせてくれなかった」ナターシャは顔を伏せて自分の両手を見つめた。「電話をかけても取り次いでくれないし、手紙を出しても返事はこなかった」

「手紙？」ナターシャは驚いて顔を上げた。

「あいつは君に見せなかったんだね？　そんなことじゃないかと思っていたよ」マイクは唇をゆがめて笑った。

ナターシャは椅子の袖を強く握りしめた。他人にきた手紙を勝手に握りつぶす――そんなことが、どうして許されるのだろう。

マイクは再び話し始めた。「この家のちょっと先に店があるだろう？　僕は今朝から、ずっとあそこで粘ってたんだ。店員たち、最初はいやな顔をしたけど、僕が私立探偵で、ある人物を見張ってるんだってほのめかしたら、たちまち協力的になったよ」

「マイク、そんなことまでして、なぜ会いに来なきゃいけなかったの？　会ったって、今さらどうしようもないのに」

「聞いてくれ、ナターシャ。僕はオーストラリアに質問の手紙を出したんだ」ナターシャは、はっと息を吸い込んだ。「内容は君にも想像がつくと思う。ケネスは筆不精でね、返事はなかなかこなかった。ようやく届いた兄の手紙を見たとき、僕は自分の目が信じられなくて、三度も読み返さなきゃならなかった」彼は頭を抱え込み、両手で髪をかきむしった。ナターシャが以前、何度も見た彼のしぐさだ。「君の……君の言ったとおりだった。義姉のことも、兄夫婦がなぜオーストラリアから離れようとしないかっていうことも、何もかもだ。僕はそのまま君のアパートに駆けつけたが、もちろん君の部屋には別の人間が住んでいて、またまた大ショックさ。そこで君の職場に行ったらヘリスが、君はもうすぐ結婚するって言うじゃないか。その足でここへ来るべきだったが、どうにも頭が混乱してしまって、ひとまず家に帰ったんだよ。そして……母に話したんだ」

ナターシャは深い同情を込めてマイクを見つめた。さぞかしつらかっただろう。変わったのは自分だけではなかった。こうして見てみると、マイクの顔には少ししわが増え、意志の固そうな厳しい顔つきになっている。マイクも変わっていたのだ。

「あとは、お決まりの愁嘆場さ。母はまず泣き出し、次には怒り出したが、やはり最後には……」彼は口ごもり、記憶をぬぐい去ろうとするかのように片手で顔をぬぐった。「とにかく、君の想像や思い過ごしじゃなかったことが、僕にも今ではいやというほどわかっている。すまなかった。僕が悪かったよ」

「あなたが悪いんじゃないわ。実の母親ですもの、あなたがお母様を信じたのは自然なことだわ」

マイクは苦々しく笑った。「母が僕たちの仲を裂こうとしてるなんて、僕は知らなかった。考えたこともなかった。ちゃんとした両目を持ちながら、何も見ちゃいなかったんだ。僕は底なしの大ばかさ」彼は訴えるようにナターシャを見つめた。「君には本当にひどいことを言ってしまった。どうしても会って、謝りたかったんだよ」

ナターシャはほほ笑んだ。「もういいのよ。あなたの気持ちはよくわかったわ」

「僕は前にも一度、ここへ来たんだ。君の結婚式の日だよ」彼は再び顔をしかめた。

ナターシャの頭に、あの日のことが鮮明によみがえった。マイクが来たのは、そのためだったのだ。ジョーにも、そのことを話したのだろうか。

「手遅れになる前に会わなきゃ、と思ったんだ。会って、もう一度チャンスをくれないかと君に頼みたかった。あの日僕らがけんかしたのも、君がファラルに会ったのも、みんな僕のせいなんだ。だから彼ではなく僕と結婚してほしいと頼むつもりだったのに、あいつは会わせてくれなかった。腕ずくで僕を排除したんだ。頭にきたものだから、少し歩いて気持ちを鎮め、今度こそ冷静にあいつと話してみようと思って、もう一度ドアをノックした。返事はなかった。もう、手遅れだったんだ」

ナターシャはうなずいた。「あなたとジョーがけんかした、あの直後に私たちは式場に向かってここを出たのよ」

マイクの顔色が変わった。「君は、僕が来てたことを知ってたのかい?」ナターシャは再びうなずいた。「それなのに、君は僕に会おうとはしなかった。やっぱり、あいつの言ったとおりだ」彼はゆっくりと言った。

「言ったとおり？　何が？」鋭い声でナターシャがたずねたとき、表の通りで車が急停車する音が聞こえた。そして、車のドアをたたきつけるように閉める音に続いて、玄関めざして走って来る足音が近づいてきた。マイクは椅子の中ではっと背筋を伸ばし、怒りと不安の入り交じったなんとも言えない表情で部屋のドアをにらみつけていた。気持ちにゆとりのあるときなら、ナターシャは吹き出したかもしれないが、今はそれどころの気分ではなかった。

ジョーは特急列車のような勢いで部屋に駆け込んで来た。長身は怒りに震え、目は凶暴に光っている。マイクは椅子を飛び出し、ジョーの前で背中を丸めて闘う姿勢を取ったが、ジョーは冷たい視線でそれをにらみ返しているだけだった。

ナターシャは言った。「私あての手紙を隠したり、会いに来たマイクを腕ずくで追い返したり、よくもそんなことができたわね？」

「この男は君の害になるだけだ」ジョーはマイクを見つめたまま押し殺した声で言った。「もしあのとき会わせたら、どうなっていたと思う？　君は悩み、取り乱し、それでもやはり式を挙げに行ったことだろう。君の心を煩わせるだけの、こんな男を会わせるつもりはなかったね」憤然として口を開きかけたナターシャをさえぎって、彼は続けた。「僕を怒らせないでくれ、ナターシャ。僕もふだんは忍耐強い方だが、今は……」

「忍耐強い？　あなたが？」

「とにかく、ちょっと黙っていてくれ」ジョーは気短に言うと再びマイクに向き直った。「多少でも礼儀というものを知っているなら、今すぐ出て行ってくれ。二度と来てもらっては困る。もう結着はついている。彼女は私のものだ。君には二度とチャンスはないんだ」

マイクはジョーの険しい目を見つめ、そわそわと体を動かし、そしてゆっくりと部屋を出て行った。やがて、玄関のドアが静かに閉まる音がした。

ジョーの体から徐々に緊張が抜けていった。彼はナターシャの方に向き直り、片手でネクタイをゆるめた。ナターシャの怒りはおさまっていなかった。

「マイクについては、私が決めることだわ。どうしてあんな勝手なことを？」

「理由はさっき話したとおりだ。すべて、君のためを思ってのことだよ」ジョーはあっさりと言った。

「私のためですって？　よくも……」

「君はあの男とでは幸せになれない」

「そんなこと、あなたにどうしてわかるの？」

「君はあの男を愛していないし、一度も愛したことがなかったからだ。君は愛していると思い込んでいただけだよ」ジョーは、まるで空模様の話でもしているかのようなのんびりとした声で言った。

「あなたは私の気持ちがわかるっていうの？　私が何を望み、何を考えてるか、私以上にわかっているとでも言うの？」

ジョーの口もとに複雑な薄笑いが浮かんだ。「そのとおりだよ、ナターシャ。僕にはわかっている」

ナターシャは突然怒りを忘れ、不安になった。ジョーのからかうような視線に耐えかねて、彼女は顔を背けた。何か言おうとしても唇が乾き、声にならなかった。彼女の体は小刻みに震え始めた。

「君が自分の気持ちを素直に認められるようになったら、そのときにもう一度ゆっくり話し合おう」そう言うと、彼は部屋を出て行った。

11

数日後、ナターシャはカーテンを開ける音で目を覚ました。灰色の空から薄日が差している。目をしばたいて起き上がろうとした彼女は、驚きのあまり再び枕に体を沈めた。湯気の立った紅茶カップを持って立っているのはジョーだった。彼は歩み寄り、ベッド脇のテーブルにカップを置いた。

「おはよう。ぐっすり眠れたかい?」

「ええ、ありがとう」ナターシャは用心深く答えた。

「君に手紙がきてる」差し出された封筒に目をやったとたん、ナターシャの顔は苦痛にゆがんだ。「ご両親からだ」とジョーは言ったが、言われるまでもなく彼女にもわかっていた。見間違いようのない父の筆跡だった。ジョーはいたわるように軽くほほ笑んだ。「さあ、勇気を出して読んでごらん」

ナターシャは起き上がり、封筒を受け取って震える指先で封を切った。手紙を読む間も手は震え、読み終わった彼女の目は涙でうるんでいた。彼女は無言で手紙をジョーに差し出したが、彼は不思議そうに見つめるだけで、受け取ろうとはしない。「読んでちょうだい」かすれた声でナターシャは言った。

ジョーはようやく受け取り、真剣な顔で読み始めた。「いい手紙じゃないか。おめでとう」読み終わって顔を上げた彼は穏やかに言った。

「おめでとうですって？　何がおめでたいの？」

「こういうすてきなご両親に恵まれたことが、だよ。もっとも、以前から想像はついていたがね」

「あら、どうして？」

「君は石ころから生まれたわけじゃないからさ」

ナターシャは複雑な笑いに唇をゆがめた。「それはそうだけど、だからと言って……」

「君は物事を白か黒かで分けすぎる。人生には白とも黒ともつかない中間色の方が多いんだよ。さあ、冷めないうちに紅茶を飲んでおしまい」

既になまぬるくなっていた紅茶を、ナターシャはゆっくりと口に含み、カップの端から上目づかいにジョーを見つめた。

「次の週末に君のご家族がお見えになること、あとでルーシーに伝えておくよ。リンダというのは確か、君のお姉さんだったね？」

「ええ。ジャックのことは書いてないから、来るのは両親と姉の三人だけだと思うわ」家族との対面の場面を想像すると、胃のあたりが痛くなるような気分だった。顔にも血が上ってくる。

ジョーは彼女の頭の上にどっしりと手を置いた。「そう心配しなくたって、きっと大丈夫だ」

頬にこぼれた涙を手でぬぐいながら、ナターシャはジョーを見上げた。「あなたは知らないからそんなことが言えるのよ。家族はきっと、がっかりするわ。怒ったりはしないでしょうけれど、悲しむわよ」

「こんなに心のこもった優しい手紙をくださっているのに？」

「でも、これは本心じゃないんだわ」

「ナターシャ、君は自分自身にも周囲の人間にも、少し厳しすぎるよ。人間はみんな欠点を持ち、ときにはとんでもない過ちを犯しもする。もう少し広い心を持たなきゃいけないね」ジョーは身を乗り出し、じっと彼女を見つめた。「君は潔癖で繊細で感受性が強すぎるあまり、ときおり自暴自棄のようになる。そこが心配なんだ。ジェームズも、君は情緒不安定の傾向があると言っている」

ナターシャは不機嫌な笑い声を上げた。「私の頭はおかしいとでも言いたいの？」

「そんなことは無論ない。もう少し気を楽に持って、のんびりした生き方をすればいいと言いたいだけだよ。今みたいに、死にもの狂いじゃなく、だ」

「自分では、そんな無理な生き方をしてるとは思っていなかったんだけど……」

「無理をしない娘が、こうやって何カ月もベッド暮らしをしなければならないまでに体を痛めてしまうのかい？」ジョーは穏やかな微笑を浮かべて言った。「もっと落ち着いて、ゆったりとしてごらん」

「努力してみるわ」と答えたナターシャは、ジョーの長い人差し指で軽く頰をなでられ、どぎまぎしながら目をそらした。ジョーは立ち上がった。

「さて、出かけるとするか。今日は山ほど仕事がある。帰りは遅くなると思う。君も一日中ベッドの中でよくよくしていちゃだめだぞ」

「かしこまりました、ご主人様」ナターシャはジョーの命令口調に顔をほころばせながら答えた。

「ほら、そうやって憎まれ口をたたくのも、悪い癖だ」ジョーがおどけた顔でにらみつけたので、ナターシャは吹き出してしまった。

「私、何をしてもあなたのお気に召すようにはできないらしいわね」

「そんなことはない。君がその気にさえなってくれたら……」思わせぶりにつぶやくと、ジョーは彼女が適当な返事を思いつく前に、背中を向けて立ち去った。一人残されたナターシャは、遅ればせながらジョーの言葉の真意に気づくにつれて火のように赤くなっていた。静かに横になっているのに、まるで駆け足でもしたかのように脈が乱れている。

ナターシャは急いで目を窓の外に向けた。空はどんよりと曇り、町全体が灰色の毛布をかけられたような沈んだ色をしている。今年初めて、窓ガラスに霜がはった。もう冬だ。故郷ドーセットでも、こんな朝は野原に霧がたちこめ、葉を落とした木々や見慣れた町景色をうっすらとかすませていることだろう。

ナターシャは怖かった。愛してくれないとわかっている相手に心を開くのが怖かった。それでも彼を愛さずにはいられないこと、そして、この愛もまた真実の愛ではないのかもしれないと思うことが怖かった。まるで濃い霧に包まれたような、先も見えないこれからの人生が怖かった。

怖がりで臆病《おくびょう》な自分でも、たった一度だけ向こうみずな賭《かけ》に手を出したことがある、と彼女は思った。それが、ジョーと会ったあの晩。そして、結果がこの有り様だ。人生そのものが危険な賭かもしれない。すべての行動が、発砲寸前の銃口の前へと自分を近づけていく――ロシアンルーレットのようだ。いちばん安全なのは、何もしないことだ。何もせず、何も感じず、危険なものには決して近寄らないこと。しかし、それでは生きていることにならない。

朝食と世界のニュースとを持ってさっそうと現れたルーシーを見て、ナターシャは救われた気分になった。ゆで卵とトーストとコーンフレークを食べながら、彼女はルーシーの話を静かに聞いていた。返事の必要はなかった。ルーシーには、話を聞いてくれる耳さえあればよかったのだ。

「あら、お利口さんね。最近はだいぶ食欲が出てきたじゃない」空になった食器を片づけながら、ルーシーはにこにこ顔で言った。喜んでもらえると、ナターシャもうれしかった。こんなふうに、すべての人を喜ばせることができたら、どんなにいいだろう。

その日の午後、居間で本を読んでいたナターシャは、玄関から入って来たジョーの声に驚いて顔を上げた。今日は遅くなると言って出たのに、仕事が予定より早く片づいたのだろうか。だが、彼と話しているもう一つの声に気づいたとき、ナターシャの胸に鋭い痛みが走った。ララ・ブレナン。

居間のドアが大きく開き、二人が入って来た。ナターシャは感情を殺して静かに二人を見上げた。「ナターシャ、ララと会うのは初めてだったね？　ララ、これが僕の妻だ」ジョーが言った。

ララ・ブレナンがにこやかに差し出した手を、ナターシャもどうにか微笑らしきものを浮かべて握り、握手を交わした。

そんな二人を、ジョーは無表情に見つめていたが、すぐに「ちょっと二階に行って取って来るよ」と言い残して出て行った。

「楽譜を取りに寄ったの。私、明日からアメリカへ演奏旅行に行くでしょう？　だから、向こうで歌う曲全部に、ジョーがひととおり目を通してくれるって言うのよ」

「そうですか」ナターシャはぎごちなく言った。

オリーブグリーンのスーツの襟元に黒い絹のスカーフを結んだララはスマートで美しく、自信に満ちあふれているように見える。じっとしていても、エネルギーと知性とユーモアが全身からこぼれんばかりだ。そして、しなやかな体つき。異性にとってはたまらない魅力だろう。自分にはとても勝ち目がない、とナターシャは思った。

「お目にかかれて幸せだわ。なぞに包まれた神秘のお嬢さんを一目見たくて、うずうずしてたのよ」ララは陽気に笑いながら手近な椅子を引き寄せて座った。「でも、前にもお会いしてるのよね、あのタクシーの中で。あなたが倒れたときのジョーの顔ったら、ちょっとした見ものだったわよ」ナターシャは礼儀上、ほほ笑んだ。「予定日はいつ？ まだ、あまり目立たないわね」

「はあ……。予定日は来年の三月なんです」ララは事情をどの程度知っているのだろうと思いながら、ナターシャは固い声で答えた。ジョーがすべてを打ち明けているかもしれないと思うと、吐き気がしそうだった。ララの視線を避けて目を伏せていたナターシャは、相手の次の言葉に、鋭く息を吸い込みながら顔を上げた。

「私も、赤ちゃんがほしくてほしくて」とララは言ったのだ。ナターシャは耳を疑う思いでララを見上げたが、微笑をたたえたその顔は、冗談で言ったとは思えないほど真剣だった。ララは、さらに言葉を続けた。「それなのに、ドンはまるで取り合ってくれないの。

押しも押されもせぬ一流歌手になるまではだめだって言うのよ。一年も舞台から遠ざかっていたら、競争相手に水をあけられて、永久に遅れが取り戻せなくなるんですって」

ナターシャは不思議なものでも見るように、まじまじとララの顔を見つめた。「あのう……ドンとおっしゃるのは……」

「もちろん、我が愛する夫よ」

「ご……ご主人？」

「ドン・グラフトン。作曲家。『お祭り広場』っていう私のヒット曲を書いてくれた人。あの曲、聞いてくださった？」

「はい、何度も聞きました。いい曲だと思います」

「私も気に入ってるのよ」ララはうれしそうにほほ笑んだ。その顔から、ナターシャは目を離すことができなかった。

「ご結婚なさってたなんて、少しも知りませんでした」いつ結婚したのだろう。ドン・グラフトンはララとジョーの関係をどう思っているのだろう。

「結婚して半年になるわ」ララはくったくのない笑顔で言った。「実を言うと、あなたがここへ越して来るほんの少し前まで、夫婦でこの家に居候させてもらってたのよ。今のマンションが完成してなかったし、それに、ほら、ドンとジョーは例のミュージカルの台本に取りかかっていたときだから、一石二鳥だったわけ。ジョーはあのとおり忙しい人でしょう？　打ち合わせの時間が取れなくて、ドンはいらいらしてたの。ここに住まわせてもらったおかげで、二人の労作もついに完成。めでたしめでたし！」

ナターシャには雲をつかむような話だった。「ジョーはどんなお手伝いをしたんでしょうか？」

今度はララが目を丸くする番だった。「じゃあ、ジョーから何もお聞きになっていないの？　ジョーも変わってるわねえ。自分の持ち札をさらすのがいやなのかしら。そうよ、きっと。彼はね、仲間うちの言葉で言うと、文字屋さん。つまり、台詞《せりふ》や歌詞を書く人よ。ドンが曲を担当して、二人でジェーン・オースティン著『自負と偏見』のミュージカル化に挑戦したの」

「すると、その脚本をジョーが書いたんですか？」

「僕が書いたなんて言ったら、オースティン女史に申し訳ないよ」と言いながら、ジョーが入って来た。「あちこちに少しばかり手を入れただけさ」

「いつ上演されるの？」というナターシャの質問にララは笑い出し、逆にジョーは顔をしかめた。

「それをたずねられるのが、いちばんつらいよ。だが今に見てろ、きっと実現させるから」ちょっと肩をすくめてそう言うと、彼は分厚い楽譜の束をララに手渡した。

「ありがとう。で、私の選曲に賛成してくれる？」

「使ってほしくない曲のリストを作っておいたよ。イメージに合わない曲は歌わない方がいい」

「またその話？　私、もう行かなくちゃ」すねたように言ったララは、その顔をほころばせながらナターシャに向き直った。「またお目にかかりましょうね。無事のご出産をお祈りするわ。もしそのころまでにアメリカから帰っていたら、洗礼式に立ち会わせてもらえる？」

「もちろんですわ。私も演奏旅行のご成功をお祈りしています」

「ありがとう。じゃあ、またね」ララは陽気に言って玄関の方に歩いて行った。

「ララを送ってから会社に戻るよ」と言ったあとで、ジョーはまだ何か言いたそうに立っていたが、すぐにきびすを返してララのあとを追って行った。

その夜、ナターシャが枕もとのスタンドの明かりで本を読んでいると、ドアに軽いノックがあり、ジョーが顔をのぞかせた。「一日、元気だったかい？」

ナターシャはうなずいた。「あなたも？」

いつもなら肩をすくめるだけなのに、今夜のジョーは部屋に入って来てベッドの端に座り、録音スタジオでの出来事や、今日新しく契約を結んだボーカルグループの話を始めた。誰でもいいから話を聞いてくれる人間がほしいような気分なのだろうと彼女は思った。ひどく疲れている様子だ。ジョーが突然話をやめた。「すまない、退屈させてしまったね」

「いいえ。とってもおもしろい話だわ」

ジョーは申し訳なさそうに苦笑した。「そう言ってくれるのはありがたいが、専門外の話を延々と聞かされるのは迷惑なものだよ」彼は立ち上がりかけた。

「ララが結婚してることを、どうして私に黙っていたの?」ナターシャがたずねたとたん、ジョーの体がさっとこわばった。

「話さなかったっけ?」

「わかっているくせに」

「じゃあ、忘れてたんだろう。わざと忘れていたのかもしれないな。その方が好都合だから」

「なぜ?」

ジョーは無言だったが、口もとを不愉快そうにゆがめ、自嘲《じちょう》の色を隠そうともしなかった。

「なぜなの?」ナターシャはどうしても聞き出したかった。ジョーはいら立ったように髪をなで上げた。

「それが重要なことだとでも言うのか?」

「もちろんよ。あなたは持ち札を人に見せたがらないってララが言ってたけど、そのとおりだわ。あなたは何を言うにも何をするにも、理由を説明してくれないじゃないの。マイクに会うか会わないかを私に代わって選ぶ権利があるなんて、なぜ思ったの？　ララと深い関係だなんて、なぜ私に思わせたの？　子どもじゃあるまいし、人に自分の人生を決めてもらうなんて、私、好きじゃないわ」

「もうそろそろ慣れてしまえばいいのに」ジョーはつぶやいた。

「なんですって？」ナターシャの顔は怒りに紅潮し、大きな青い目は怒りにきらきらと輝いていた。

「自分で自分のことを決めるのが不得意な人間もいる。君がそれだ。君が取り返しのつかない失敗をする前に、誰かが君に代わって物事を決めてやらなくてはいけないんだ」

「私に代わって……」激怒のあまり、ナターシャののどはつまりそうになった。「よけいなお世話だわ。私にだって、人並みの分別ぐらいあるのよ！」

「過去の実績から判断すると、大いに議論の余地があるところだな。初対面の夜のことを思い出してごらん。あれが分別のある人間のやることだろうか」

「話をそらさないでちょうだい。私はあなたとララの関係を知りたいの。答えてよ」

「彼女が我が社の歌手になった当座に二、三度デートしたことがあるが、ドンが現れてからは仕事上の付き合いだけだ」

「じゃあ、なぜ私に誤解させていたの？」

「だから、好都合だったからだよ」

「誰のために？」

「僕のためにだ」吐き出すように彼は言った。「どうしても知りたいんなら言ってやろう。僕の面目を保つために必要だったんだ。君はくだらないと言うかもしれないが、男は面目を大切にするんだ」

ナターシャは眉を寄せた。「わからないわ。私に誤解させることで、どうしてあなたの面目が……」

「君には脳みそがないのか？」

「そうらしいわ」

「ほう、珍しく素直じゃないか」と言って不愉快そうに笑う彼の顔にはうっすらと赤みが差していた。「僕は……身を守る壁のようなものがほしかった」

「ララが、その壁だったの？」聞けば聞くほど、ますますわからなくなっていくようだ。

「誰かと深い仲だと思わせておかないと、私があなたを……脅迫するかもしれないから？」

ジョーは吹き出した。「実際、そのかわいい青い目の奥には何がつまってるんだ？　空気か？」

「だって私、なぞなぞごっこは苦手なんだもの」

ジョーは妙に落ち着かない様子で彼女を見つめ、それから彼女の肩に両手をかけて引き寄せた。「じゃあ、僕がヒントをやろう」

近づいて来た彼の唇から、ナターシャは必死で顔を背けた。こうやって、また話をそらすつもりかと思うと、腹が立ってしかたがなかった。だが、身動きできないように顎を鋼鉄のような手で押さえられてしまったとき、ナターシャの怒りは恐怖に変わった。怒りで黒ずんだ肌、挑みかかるような険しい灰色の目。「やめて、ジョー」彼女は震える声で言った。

「そうやって、いつまで逃げ回るつもりだ？　いくら逃げても君自身や君の人生から逃げおおせるものではない。たとえ百年かかろうと、僕は必ず君に認めさせるつもりだ」

「私が認めるって……何を？」

「これを、だ！」ジョーの唇が荒々しく覆いかぶさってナターシャの唇を奪ったとたん、彼女の全身を電流のようなものが走った。彼女の抵抗はそこで終わった。体も心も溶け合うような甘いキスのあと、ジョーはナターシャの顔を両手ではさみ、熱にうかされたような青い目に見入った。そして、彼はしわがれた低い声でしゃべり始めた。「初対面の夜、君の笑い声を聞いたときから、僕は恋に落ちたんだ。君を愛してしまったんだ。君があまりかわいらしかったものだから、そのあと僕は君から目を離せなくなった。そして、君の方でも、同じような目で僕を見つめてくれた。少なくとも僕はそう感じたんだ」

確かにそのとおりだった。こんなに魅力的な男性がこの世にいたのだろうかと驚きながら彼を見つめていたときのことを、ナターシャはまざまざと思い出した。

「あれは魔法の一夜だったよ。雲の上を歩いているような感じだった。シャボン玉に乗って空中を漂っているみたいだと君も言ったよね？　そして次の朝、君はシャボン玉を壊してしまい、僕は地面に墜落して手ひどい復讐《ふくしゅう》を受けたっていうわけだ」

「ごめんなさい。あなたには、ずいぶん失礼な振る舞いをしてしまって……」

「失礼どころの話じゃない。あれから昼も夜も君を憎み続けたものだ。ところが三日も経つと憎しみは消え、妙な気分になった。一度エデンの園で暮らしたあとで、無慈悲にも追い出された者の心境とでも言えばいいんだろうか。そんなところへ現れたポーターを、僕は殺してやりたいと本気で思った。脅迫の一件もさることながら、本当は彼がねたましくてたまらなかったからだ。こんな男とぐるだったのかと思うと、君まで殺してやりたいほど憎かった。君が悪事に手を貸すような娘かどうか、ちょっと考えればわかることなのに、あのときはそんな余裕さえなかったんだ」

ナターシャは呆然《ぼうぜん》と彼の顔を見つめていた。さっきの言葉は、すると、本気だったのだろうか。〝あの晩、恋に落ちた。愛してしまった〟……。それが真実なら、すべてが変わってくるのだが……。

「誤解が解けて冷静になったとき、僕はエデンの園への入り口が見えてきたように思った。ところが、ここに意外な障害が現れた。君の強情さだよ。君は結婚どころか、結婚の話を口にするのさえいやがり、拒絶反応を見せた。またもやチャンスは逃げてしまった」彼は長いため息をついた。「しかたがないから僕は腰をすえて待つことにした。ときおりデートをしながら、君がポーターを忘れ、僕がいかに偉大な人物かに気づくのを待つことにしたんだ」

ナターシャは笑った。「どうして単刀直入に言おうとは思わなかったの？」

「言えば、君はどんな反応をしたと思う？」

彼女は首をかしげて考えた。「多分、あなたの言うことを信じなかったでしょうね。それに……」

「それに、君はまだポーターを愛していた。もしくは愛していると思い込んでいた――そうだろう？　だが僕は、もし君が本当に彼を愛していたら、あんなふうに僕とベッドに直行したはずはないと思い始めたんだ。そこで、これなら脈があると思った」

「へえ、そう？」

ナターシャがまぜっ返すのを無視して、ジョーは続けた。「そうとも。それが唯一、論理的な解答だったんだからね。もっとも、君には論理のかけらも期待していないぞ。君ほど非論理的な、まさに女性の見本みたいな娘は初めてだ。まったく、手がつけられない」

「ありがとう、と言っておくわ」

「それでも君を愛しているんだ」吐き出すように言いながら、彼はナターシャの白いのどもとに顔を押し当てた。「愛しているよ、ダーリン。こんな妙ちきりんな娘だっていうのに、僕は君なしでは生きられない。君を手もとに置いて、君がこれ以上とんでもないことをしでかさないように、しっかり付き添っていたいんだ。でないと、僕の方が狂ってしまう」

襟元に熱いキスの雨を降らせているジョーの頭を、ナターシャはしっかりと抱き寄せた。

「で、ララとのことはどうなったの？」

ジョーはほてった顔を上げて低く笑った。「君に首ったけだということを知られたくないばかりに、ララを盾の代わりに使わせてもらったのさ。ドンは大の親友ではあるが、彼は自分の妻が浮気をするのを黙って見ているほどやわな男じゃない。デートしたことがあるのは事実だが、芝居を見て食事をした程度だったし、それも彼女がドンと会ったあとはぷっつりとやめてしまった。気の合う仕事仲間――彼女とはそれだけの関係だ」彼の唇をうっとりと見つめているナターシャに、ジョーはからかうような、しかし非常に真剣な声でたずねた。「僕はもう全部話したぞ。今度は君の番だ。もう素直に認めるね？」

ナターシャはうなずき、再び彼の唇を求めて顔を上げたが、ジョーは承知しなかった。

「ちゃんと口に出して言わなきゃだめだ。君の口からその言葉を聞きたいんだよ。今までさんざん待たされ、気をもませられたんだからな」

「愛してるわ」小さな声でナターシャは言った。「あなたの言うとおりよ。私はマイクを愛してはいなかったのよ。彼の心はほしいと思っていたけれど、彼の……彼の……」

「体をほしいと思ったことは一度もないって言いたいんだろう？　僕を求めたようには、彼を求めたりしなかった。そうなんだろう？」

一つ大きく身震いして、ナターシャは最後の羞恥心の束縛を断ち切った。ジョーの胸に飛び込みながら彼女はかすれた声でささやいた。「そうなの。あなたを一目見たときから、私はあなたを求めたんだわ。それが愛だっていうことに、私は長い間気がつかなかったの。そんな形で愛が始まるなんて、思ってもみなかったから。私、あなたに対する自分の気持ちが恥ずかしくてしかたがなかったわ。愛っていうのはもっと穏やかなものだと思っていたの。静かで、優しくて……」

「そして分別のあるもの？」

ナターシャは恥ずかしそうに笑った。「ええ。だって、そう思うようにしつけられて育ったんですもの。立派な男性を選んで、結婚して、子どもを持って家庭を作ること。それが愛だって両親は言い続けてたのよ。愛が特急列車のような勢いで走ってくるものだなんて、誰も一度も教えてくれなかったわ。私が理解できなかったのも無理はないでしょう？」

「僕も君もシャンペンには大いに感謝すべきだな」おごそかな口調とはうらはらに、灰色の目は明るく笑っていた。ナターシャも笑った。

「ええ。シャンペンは私の心を覆ってた雲を吹き払ってくれたわ。おかげで、あの晩の私は本当の心のままに振る舞うことができたのよね。でもシャンペンの効果も翌朝までは続かなかったわ」

「そのことは誰よりもこの僕が知っている」

「ごめんなさい」ナターシャは彼の唇に軽くキスしながら言った。「頭がすっかり混乱してたの」

「どうしようもない頭だ。僕まで頭痛になった」

「私、本当におばかさんだったわ。何がどうなってるのか、まるでわからなかったし、時間が経って冷静になると、ますますひどい状態になったのよ。あなたを求める気持ちは絶対に許されないものだって、一人の私が責め立てるのに、もう一人の私は、そんなことはないって逆らうんですもの。それに、ララのことでは、いつも嫉妬《しっと》してたわ」

「ほう」

「いやな人。喜んでるのね？」

「当たらずといえど遠からず、だ」ジョーは笑った。

「でも、私に嫉妬させたのは逆効果だったわ。男と女では愛の考え方が違うっていう両親の教えを、私はますます信じるようになったんですものね」

ジョーの眉が曇った。「セックスは恥ずべきものだと思い込んでいたのかい？」

「そうじゃないけど、あなたを一目見たとたんにベッドを共にしたくなった私の気持ちは、確かに恥ずべきものだと思っていたわ」

ジョーの顔は明るくなった。「おお、哀れなナターシャよ！」

「でも、必ずしも私だけが悪いんじゃないと思うわ。責めは男性の側にあるのよ」

「どうせ、最後は僕が悪いっていうことになるとは思っていたよ」

「あなたが悪いって言ってるんじゃないの。私は男性一般のことを言ってるのよ。法律も倫理観念も、みんな男性が決めたものでしょう？　そんな中で男性は、自分たちが性的欲求を持つのは当然だが、女性がそんなものを持つのは恥ずべきことだっていうルールみたいなものを女性に押しつけてきたのよ」

「今ではそんな既成概念は崩れかけているのに、君はずいぶんと古い考えにこだわっているんだなあ」

「だって、古い考えの教育を受けて育ったんですもの。だから自分を恥じたり、罪の意識に責められたの。自分が二度とできないだろうあの晩のような冒険を、あなたは冒険とさえ思わずに毎晩のようにやっているんだと思ったから。女は夢を追い求め、男は性を追い求めるっていう両親の教訓を、あなたはまさに証明しているように見えたのよ」

ジョーは笑い出した。「ご両親の悪口は言いたくないが、それは乱暴すぎる意見だよ。人はそれぞれ違う指紋を持っているように、愛を求める過程も人それぞれだ。愛に関する限り、きまりやモラルは存在しない。ひたすら気持ち、心の問題なんだよ」

しゃべり始めようとしたナターシャの顔が急にこわばった。

ジョーは、はっとしたように彼女の顔をのぞき込んだ。「どうした？　気分が悪くなったのかい？」

だが、ナターシャの顔は既にほころび始めていた。幸せに満ち足りた表情で彼女はジョーの片手を取り、わずかに膨らみの目立ち始めた自分の腹部に持っていった。ナターシャを驚かせたものが、ジョーの手のひらにもしっかりと伝わった。

「蹴っている……」心の底からびっくりしたような声で彼が言ったので、ナターシャは笑い出した。

「ええ。初めてよ」そう言ったとたん、ナターシャは生まれてくる子どもに対する限りないいとおしさに包まれた。もう恥じることも、罪を感じる必要もない。体の中で息づいている小さな命は、美しい愛の結晶なのだ。

●本書は、1983年6月に小社より刊行された作品を文庫化したものです。

夢一夜
2024年2月15日発行　第1刷

著　　者／シャーロット・ラム
訳　　者／大沢　晶（おおさわ　あきら）
発 行 人／鈴木幸辰
発 行 所／株式会社ハーパーコリンズ・ジャパン
東京都千代田区大手町 1-5-1
電話／03-6269-2883（営業）
0570-008091（読者サービス係）
印刷・製本／中央精版印刷株式会社
表 紙 写 真／© Dmytro Loboda | Dreamstime.com

ISBN978-4-596-53537-5